李银江

刘猛 刘娟 著

江苏凤凰文艺出版社

图书在版编目（CIP）数据

李银江 / 刘猛，刘娟著. — 南京：江苏凤凰文艺出版社，2022.11
ISBN 978-7-5594-7248-9

Ⅰ.①李… Ⅱ.①刘…②刘… Ⅲ.①报告文学—中国—当代 Ⅳ.①I25

中国版本图书馆 CIP 数据核字(2022)第 203249 号

李银江

刘猛　刘娟　著

出 版 人　张在健
责任编辑　李　黎　孙建兵
特约编辑　王　怡
装帧设计　有品堂_刘俊
责任印制　刘　巍
出版发行　江苏凤凰文艺出版社
　　　　　南京市中央路 165 号，邮编：210009
网　　址　http://www.jswenyi.com
印　　刷　苏州市越洋印刷有限公司
开　　本　718 毫米×1000 毫米 1/16
印　　张　16.75
字　　数　220 千字
版　　次　2022 年 11 月第 1 版
印　　次　2022 年 11 月第 1 次印刷
书　　号　ISBN 978-7-5594-7248-9
定　　价　58.00 元

江苏凤凰文艺版图书凡印刷、装订错误，可向出版社调换，联系电话 025-83280257

目录

第一章 盱眙有个桂五镇 ... 1
  1 革命老区 ... 3
  2 在挫折中成长 ... 9
  3 这个会计不一般 ... 12
  4 从生产队长到村支书 ... 15

第二章 创建敬老院 ... 19
  1 3个月，11间房 ... 21
  2 开院七老 ... 25
  3 孝子不好当 ... 28
  4 为78位老人送终 ... 31

第三章 民政界的"孺子牛" ... 39
  1 帮困扶贫义不容辞 ... 41
  2 有子如你死无憾 ... 50
  3 教育不孝子 ... 54
  4 绿色殡葬成新风 ... 57
  5 名副其实的"孺子牛" ... 60

第四章	为退役军人撑起一片天	65
1	最可爱的人	67
2	守住军人的尊严	70
3	伤残退伍军人的"贴身保姆"	73
4	解决复员军人的后顾之忧	77
5	烈士魂归陵园	81

第五章	残疾人也有春天	85
1	残疾人的老大哥	87
2	精神病人的知心人	93
3	小作坊成就大人生	97
4	活出自豪与骄傲	100
5	被抛弃的婴儿	104
6	结束流浪的脚步	107

第六章	活到老是一种幸福	111
1	衣食无忧的生活	113
2	包容是世上最大的爱	115
3	人不是单靠吃米而活着	119
4	最美夕阳红	125

第七章	创新引领发展	137
1	院委会制度	139
2	生命在于运动	143
3	探索市场化养老之路	147
4	把"医院"建到敬老院	154

第八章	举头三尺有神明	163
1	低保制度不能破	165
2	严守亲情线	171
3	25万元彩票奖金	175
4	这些年拒绝的红包	178

第九章 不忘初心 183
　1　桂五镇的"110" 185
　2　义务调解员 189
　3　让孤儿不再孤单 197
　4　没有任何借口 205
　5　洪水无情人有情 214
　6　随时待命的螺丝钉 217

第十章 老支书精神 223
　1　四桥村的领头人 225
　2　方港村的难忘岁月 232
　3　农村工作也要艺术性 235
　4　敬老院里的"民主生活会" 238
　5　书记工作室 242

后记　俯首甘为孺子牛 245

第一章 盱眙有个桂五镇

1 革命老区

在周恩来总理故乡淮安的最南面,有一个叫作盱眙的地方,因为龙虾,这里为全国人民所熟知。

盱眙属地最早出现在春秋时期,其时名"善道",属吴国,是诸侯会盟的地方。到战国时期,楚国东侵扩地至泗上,盱眙为楚邑,名曰都梁。直到现在,盱眙还有"都梁"这个别称。历史上,盱眙归属问题历经多次变化,民国时期属于安徽,1948年,盱眙、嘉山、来安、六合四县合并,成立盱嘉来六县政府,当年12月,盱眙全境解放,成立盱眙县政府(民主政府),隶属江淮第一行政区。新中国建立后,皖南、皖北合并为安徽省,盱眙属安徽省滁县专区。

1952年底,江苏省成立,为加强洪泽湖管理,盱眙于1955年划归江苏省,属淮阴专区,1966年,改属新设置的六合专区,1971年六合专区撤销,盱眙又属淮阴地区。1983年,江苏省实行市管县体制,盱眙县属淮阴市。2001年三淮一体,淮阴市更名为淮安市,盱眙隶属于淮安市。

拥有2200年历史的淮安，是一座名副其实的文化名城，在这片土地上，曾诞生了新中国开国总理周恩来、大军事家韩信、小说家吴承恩、辞赋大家枚乘、中医名家吴鞠通、爱国将领关天培、文学大师刘鹗等名人。

淮安是水的世界，境内不仅有波澜壮阔的淮河，还有大运河、故黄河、盐河，故称"四水穿城"，而洪泽湖、白马湖，更是犹如镶嵌在淮安大地上的明珠。真正令淮安走向辉煌的，是隋朝时期大运河的开凿。运河使淮安成为漕运要津，到北宋时期，南粮北运骤然增大，淮安的地理位置显得更为重要。尤其是明清两朝，朝廷在此设河道、漕运两位总督，"天下九督，淮安其二。"淮安进入了鼎盛期，跻身运河沿岸四大都市之列。近年来，淮安正在全力打造大运河"百里画廊"。

淮安与水的缘分，从地名也能看出来，其所辖的各县区，清江浦、淮阴、淮安、涟水、洪泽、金湖，每个名字都散发着水气，唯一不带水的，是盱眙。虽然名字不含水，盱眙却以山水闻名，铁山寺、第一山、天泉湖，每一处都令人流连忘返。当然，来到盱眙，品尝十三香龙虾也是必不可少的功课。

盱眙境内水源丰富，陡湖、洪泽湖、天泉湖、猫耳湖、天鹅湖、八仙湖等河湖水塘，都盛产龙虾，该种群发展特别快，尤其是每年的5—9月份更是生长旺季，已成为优势种群。20世纪70年代以来，盱眙沿淮、沿湖渔民以捕捞鱼虾为主要生活来源，随着市场需求的不断增加，龙虾人工养殖逐步兴起，速冻龙虾仁等产品远销美国、欧盟等国。盱眙龙虾不光肉质鲜嫩、肥硕饱满，从中医的角度看，还具有清热解毒、强身健体等功效，是一种色、香、味、营养俱佳的保健食品。

21世纪初，盱眙开始举办"龙虾节"，如今已举办了二十二届，使"盱眙龙虾"成为世界著名的品牌。

盱眙县总面积2497平方公里，人口80万左右。2015年5月，江苏省人民政府批复同意调整盱眙县部分行政区划，撤销部分乡镇，设立街道，当时下辖3个街道，14个镇，3个乡。2018年，再次进行区划调整，全县设3个街道，10个镇，1个省属农场。

盱眙的诸多乡镇中，我最熟悉的，莫过于桂五镇。

刚听到桂五镇这个名字，感觉很特别，后来听李银江同志介绍，才知道镇子的名字与革命烈士李桂五有关。

李桂五名联芳，号桂五，1905年8月出生于盱眙西南丘陵山区西高庙区水冲港的一个大地主家庭。6岁时，李桂五开始读私塾，勤奋好学，智慧过人，成绩优异，先后考入县高等小学、安徽第一甲种农业学校预科。

虽然出身地主家庭，但是在求学的过程中，李桂五追求进步，经常接济穷人。灾荒年份，李桂五做了"不孝子"，逼迫父亲开放家里的粮仓，向穷苦老百姓免费提供食物，救了很多人。1929年春，李桂五考入上海新华艺术专科学校，受到中共地下党组织和革命思想的影响，很快投身到"爱我中华"的学生运动中。他带头闹学潮，去工厂宣传动员，发动工人罢工，没过多久，便加入了中国共产党。

1929年秋天，接受中共徐海蚌党组织的派遣，李桂五返回家乡西高庙，以地主大少爷的身份秘密从事革命活动。李桂五结交贫苦农民，宣传"斗倒土豪劣绅，我们就能翻身"等革命思想。每当西高庙逢集，李桂五就在集市上宣讲地主恶霸的罪行，为受欺压的农民打抱不平，在群众中威信越来越高。9月份，李桂五与刘明溪组织了以贫雇农为主的"工农革命互济会"。

第二年春天，为解决饥困的农民春荒困境，李桂五组织"互济会"成员向地主土豪"借粮"。李桂五首先做了一个"不孝子"，他不顾家人的反对，自行带人打开自家的粮仓，将500多石稻谷、玉米分给了贫困的农民度春荒，又带领贫苦乡亲来分砍自家的竹子和树木，让大家去换取油盐。与此同时，李桂五还不断在贫苦人民中物色积极分子，将他们悄悄地发展成中共党员。

1931年夏秋之际，在中共长淮特委特派员朱务平的指导下，李桂五创建了西高庙和谢家港2个党支部，让他们在白色恐怖笼罩下的盱眙大地上，播撒红色的革命种子。9月份，中共盱眙县委员会在西高庙秘密成立，李桂五被任命为第一任县委书记。"在到处笼罩着白色恐怖的险恶环境中，一定要坚持广泛发动群众，引导群众，激励群众，尽快建立起西高庙地区农民武装队伍。"这是共产党员李桂五的信念和意志。这一年入夏以来暴雨不断，水灾严重，瘟疫流行，民不聊生。为了救济灾民，李桂五领导广大贫苦农民组织互济会，全面向土豪劣绅开展抗租、抗税、抗捐的革命斗争，一举分掉了西高庙及周边的五大恶霸、八大地主的5000多石粮食。贫苦农民兄弟纷至沓来参加互济会，在短短5个月内，建立了36个党支部，发展党员120多人，"工农革命互济会"扩大到500多人。

1932年初，为配合鄂豫皖苏区红军第四次反"围剿"，中共长淮特委遵照上级党委指示，派民运特派员武飞、军事特派员徐德文到盱眙协助李桂五工作，决定在西高庙等地举行农民武装起义，并成立"西高庙农民武装起义总指挥部"，武飞任总指挥，李桂五任副总指挥，徐德文任参谋长。4月16日晚上，月黑风高的夜里，在武飞、李桂五、徐德文等人的带领下，起义队员悄然攻入西高庙附近的谢郢，收缴地主武装40多支枪。10点多钟，起义军又勇猛地攻打了西高庙国民党西区区公所，缴获敌人盒子枪4支、长枪20支，俘虏敌人14人。胜利后，暴动队伍进入到刁郢休整，4月23日，遵照长淮特委指示整编成为盱眙第一支革命队伍——盱眙工农红军游击队，武飞任党代表，李桂五任队长，徐德文任参谋长。游击队分三个中队，共120多人，有步枪、盒子枪、手枪等近150支。

红军游击队成立后，李桂五率领队伍用分散打击的方式开展武装斗争，捷报频传。在围剿谢郢圩子时，李桂五身先士卒，翻爬围墙，率先进入圩子，向天鸣枪发信号，里外呼应，很快结束战斗，缴获17支步枪、5000块银元，将500石粮食分给周围群众。7月份，队伍发展到700多人、400多支枪，正式改编为"中国工农红军徐海蚌地区游击支队"，游击队编为4个中队14个分队，李桂五任支队副司令。

改编之后，游击队活跃在以盱眙地区为中心的徐海蚌地区，与国民党正规军和地方势力展开明争暗斗，扫灭了敌人在江淮地区的威风，很快发展壮大到2000多人，游击队展开的武装斗争，迅速扩展到滁县、来安、明光等地。

盱眙距离南京不到一百公里，游击队的行动，直接威胁到国民党政府统治中心。蒋介石及南京政府受到极大的震动，急忙派遣大量军队围剿，李桂五多次粉碎围剿，南京政府采取添油战术，不断增加军队，漫山遍野，进行点、线、面多层次围剿。为围剿盱眙红军游击队，8月20日，蒋介石派遣中央陆军骑兵第11旅、安徽省警备旅和一个独立团约14000人，开到盱眙，采取步步为营、层层封锁的方法，制造"无人区"，包围西高庙，进攻长山山区。红军游击队奋勇打退敌人的多次进攻，但终因敌我双方兵力悬殊太大，游击队员大多英勇牺牲。当天夜里，李桂五执行中共长淮特委的命令，率领20多位战士一边向洪泽湖方向突围，一边和敌人展开殊死战斗。8月25日深夜，李桂五等人来到淮河南岸，弹尽粮绝，精疲力竭，被前来搜寻的敌人发现而被捕。

　　李桂五被捕后，李父多方活动，国民党承诺，只要李桂五脱离共产党组织，共同反共即可释放。但是李桂五高风亮节，坚决回绝，宁可牺牲也不戕害同志，不放弃伟大的革命理想。在狱中，面对敌人的软硬兼施、残酷迫害，李桂五坚强不屈，视死如归。8月30日，李桂五在西高庙的一块高地上英勇就义，年仅27岁。

　　李桂五的英勇事迹，在百姓中广为流传。1956年，在李桂五牺牲24年后，为纪念李桂五，经乡亲一致要求，其出生地西高庙更名为桂五。1986年7月，桂五撤乡建镇。

　　桂五镇位于盱眙县南部，属丘陵地区，距盱眙县城15公里，是盱眙县南片乡镇的中心交汇点，盱滁公路从镇中心穿过，镇域东与穆店乡接壤，南与天泉湖镇相连，西与仇集镇相邻，北和古桑街道毗连，属丘陵低山地区，交通方便。

　　桂五镇水资源丰富，有桂五等大、小水库7座，龙王山水库、天泉湖（化农水库）延伸于境域。板栗、草鸡、麻油、有机米是桂五镇的农业特产，其中"桂花"牌小磨麻油为部优产品。桂五中药材合作社以"做给农民看、带着农民干、帮助农民销、实现农民富"为办社宗旨，积极为社员开展中药材种植、加工、销售等方面的经营服务，加入合作社的农户均不同程度地实现了增收。

　　桂五镇总面积160多平方公里，人口35000多，下辖林山、东园、四桥、方港、桂五等十余个村子，给我介绍桂五镇情况的李银江，就出生在四桥村。

2 在挫折中成长

要想认识李银江,还得先从他的父亲说起。

李银江的父亲叫李学仁,出生于1916年,从小就经受磨难,3岁时母亲去世,6岁时父亲也不幸亡故,他成为孤儿,跟大姑一起生活。大姑结婚时,把李学仁带过去,一同劳动,一同生活。大姑心疼这个侄子,李学仁对大姑充满依恋,两个人感情很深。因为各种原因,后来大姑离开夫家,回到自己的村庄,还是李学仁给她养老送终的。

跟着大姑生活几年,李学仁渐渐长大了,看到老百姓受苦,听着革命的故事,于是决定也要参加革命。不过,李学仁参加的是外围组织,当同乡革命前辈李桂五就义后,转入了地下活动。

1945年,抗日战争取得胜利,不久国共两党展开拉锯战,李学仁跟随解放军,赴山东参战。这时候是1946年。行军途中,盱眙县大队领导丁凤亭想到李学仁老父亲弟兄三个,只剩他这一根独苗了,就劝他回老家去。李学仁拿不定主意,后来由五家村民作保,回乡务农了。这是李学仁一生中最后悔的一件事。领导是好意,要为李家保留香火，但李学仁回到家乡后，日子并不好过。那时候老家还是国民党统治区，得知李学仁参加革命，自然要找他的麻烦，李学仁只得东藏西躲，饥一顿饱一顿的。1949年新中国成立以后，李学仁的日子依然不顺，因为曾经离开革命队伍回归家乡，造成了一些不太好的影响。这件事在他心中一辈子都是个阴影，始终压得他抬不起头。

自己在家乡没什么地位，李学仁对子女的要求却十分严格。

参加革命前，李学仁已经结婚了，并生育多个子女。那个年代，生活环境不好，医疗条件恶劣，很多小孩没能长大，李家也遭遇了这样的痛苦。到20世纪50年代后期，正是中国经济最困难的时期，这时候，李银江出生了。

李银江出生于1957年农历二月初二，紧接着的1958年到1960年，是中国三年困难时期，大人吃不饱是家常便饭，小孩子也跟着忍饥挨饿。物资缺乏，常常吃不饱肚子，但是在精神上，李银江却是充实的。李学仁没上过学，但通过自学，可以轻松地读书看报，满肚子的故事，什么孔融让梨，什么乌鸦反哺，让李银江听得津津有味，丰富了他的童年生活。李学仁还常常教育李银江，要做个好人，要做个正直的人，并用雷锋、董存瑞、黄继光的例子教育他，这些给李银江留下了深刻的印象，也对他价值观的形成产生了积极的影响。

1975年，18岁的李银江高中毕业了。在那个年代，高中生也算是"高级知识分子"，像李银江这样的，完全可以做个民办教师或者赤脚医生，但是，家庭的原因，让他与这些工作失之交臂。摆在李银江面前的，只有务农这条路。上大学没资格，回乡务农，李银江祈盼着能当个民兵吧。但就是这个于他也是水中望月，甚至有个生产队干部当着他的面羞辱道："我的屁股都比你的脸干净！"

李银江听了默默无言，暗暗发誓一定要干出个人样来。

民兵不让当，总不能剥夺我劳动的权利吧？李银江干活不怕累、肯出力，每天起早贪黑，重活、脏活抢着干，再加上脾气温和，与大家相处融洽，在生产队里声誉很好。

1976年春天，喂牛的活分到李银江头上了。喂牛看起来很轻松，其实干的活不少，要定点喂牛，早上起得早，晚上睡得晚，半夜常常还要起来添料，真正是起五更睡半夜。

农村种地，当时没有化肥，用的都是自己沤的粪。沤粪也不是好活，又脏又累。那时候生产队长叫汤保安，生产队沤粪，汤队长放话：这活每天干10个小时，每天10个工分，干12天，总共120个工分，谁愿意主动报名？没有人回应。汤保安很是失望。这时李银江带头站起来，说："我来干。"这一举动，赢得了队长和社员的好感。在李银江的带动下，花德明和陈天俊两个年轻人也表示愿意加入。李银江说："这活就是咱们仨的，早干是干，晚干也是干，大家齐心协力早点把它干好。"两个年轻人觉得有道理，也踏踏实实地干。结果十二天的活，提前好几天干完了。

李银江的表现，不仅生产队长和村民们看在眼里，四桥村大队的干部，也同样清楚得很。当时大队没有主任，副主任郭洪友主持工作，他很欣赏李银江，建议对他提拔重用，这样，到1977年5月，高中毕业不到两年，20岁的李银江担任了生产队会计。

3 这个会计不一般

20世纪70年代，生产队里，一般有两个干部，一个是队长，还有一个就是会计。队长是主要领导，把控大局，会计则干具体的事，给社员分粮、分钱，负责记工分，其重要性不言而喻。不过会计做的是日常工作，没有发挥的余地，本本分分做好就行，不需要考虑队里的发展。

"文革"刚结束，中国的经济还没缓过劲来，当时的四桥村，经济上也不太好，李银江所在的三队，比其他生产队还要落后。李银江听说某家吃不上饭了，二话不说，带上社员去仓库称了十斤小麦种送过去。按说这可是违反规定的，可是人命关天，不容李银江多想。事后他跟队长汤保安一说，汤保安也非常支持。

队里的人吃不上饭，这可是个大问题，李银江觉得不能再等了，主动找队长汤保安商量解决的办法。毕竟是人命关天的事情。汤保安也拿不出主意。汤保安年龄大了，思想相对比较保守，没什么闯劲，靠他恐怕希望不大。这事还得靠李银江。李银江琢磨着，先得把大伙的肚子填饱。

队里没粮食,那就只有借粮这条路了。

现在借粮食容易,因为粮食大丰收,大部分家庭都能拿出些余粮。四十年前借粮食,就跟现在借钱似的,甚至可以说,比现在借钱更难。因为现在有钱可借,那时候粮食自己都不够吃,哪能借给别人?李银江也知道这其中的难度,还是硬着头皮上。

四桥村整体经济差不多,三队没有粮,其他队稍微好点,但也没有多余的粮外借。河西是淮河公社,当时属于泗洪县,经济上好一点,部分老百姓手上有余粮,说不定能借出来。只是跟那边没打过什么交道,平白无故去找人家借粮太冒昧了。李银江把熟悉的人排了排,想到队里的孙长金时,双手一拍,心想这回有希望了。孙长金原本是淮河人,后来才到四桥村的,由他出面,成功的可能性很大。

吃过晚饭,李银江找到孙长金,说明来意,请他无论如何也要帮忙。李银江承诺,春天借一斤玉米,秋天还一斤白米。玉米肯定比不上白米,这对借户来说相当合算。孙长金沉吟半晌,说:"这样吧,我来试试,不过能不能借到,我可说不准。"不管怎么说,孙长金答应帮忙,就给了李银江希望。

也是李银江运气好,孙长金向各家亲戚朋友一说开,大家都非常支持,很快借到了3100斤玉米。半年后李银江兑现承诺,还了3100斤大米。

在淮河借粮时,李银江发现,淮河种了好多菱角。菱角是好东西,李银江详细了解后,觉得这是个机会。生产队有水,如果种上菱角,也是个收成。李银江买了30斤种子,第二年春天种在15亩水田中,到中秋节前后,收了1万斤菱角,生产队每人分到50斤,解决了缺粮的难题。

作为生产队会计,李银江参加县里的培训,掌握了一定的养殖技巧。他带领大家种了60亩玉米，取得大丰收；之后又带领大家种萝卜，20亩地，收了30000斤。在李银江的带领下，社员们不能说有多富裕，但填饱肚子没问题了。

从李银江给贫穷社员称麦种到他为大家借粮，以及领着大家种菱角、种萝卜这些行为，可以看出李银江是个有担当的人、有能力的人。他在会计的任上，还干了一件大事——贷款买了辆手扶拖拉机。那个时候，以生产队的能力，要想贷款买拖拉机，不要说能不能贷到，单单是这个想法就够惊人的。贷款怎么还？李银江有信心，也有这个能力，找到农行，贷了3000元。那个时候，3000元可不是小数字，但李银江就是干成了。拖拉机开进生产队，为队里的发展做了好多贡献。

李银江的所作所为有目共睹，大家都非常信服，连生产队长汤保安也自叹不如，汤保安年龄大了，感觉对队里做不了什么贡献，主动辞去队长的职务，推荐李银江任队长，就这样，1979年2月，李银江担任了生产队长。

4 从生产队长到村支书

担任会计时,李银江就做着生产队长的工作,现在做了队长,更要带领大家走上致富的道路。在李银江看来,这是他义不容辞的责任。

从1979年2月到1983年1月,李银江干了近四年生产队长,这四年间,中国发生了巨大的变化,同样地,四桥村三队也发生了重大变化。

李银江是个爱琢磨的人,通过学习,再加上自己的钻研,开始着手杂交稻制种。当时的稻种,都是从外面买来的,费用很高,李银江通过自己的实践,研制出稻种,不仅够自己生产队用的,还可以出售给别人。到1980年实行联产承包责任制,这项工作才停止。

说到联产承包责任制,就不能不提小岗村。

1978年12月,安徽省凤阳县凤梨公社小岗村西头严立华家低矮残破的茅屋里挤满了18位农民,他们召开了一次关系全村命运的秘密会议。这次会议的直接成果是诞生了一份不到百字的包干保证书。其中最主要的内容有三条:一是分田到户;二是不再伸手向国家要钱要粮；三是如果干部坐牢，社员保证把他们的小孩养活到18岁。在会上，队长严俊昌特别强调，"我们分田到户，瞒上不瞒下，不准向任何上级透露。"1978年，这个举动是冒天下之大不韪，也是一个勇敢的甚至是伟大的壮举。

1980年5月，中央领导在一次重要谈话中公开肯定了小岗村"大包干"的做法，这项工作开始在全国推广开来，李银江所在的桂五镇，自然也实施了这项制度。以前土地由村里集中种植，现在分到各家各户了。不光分土地，生产队的农具、牲口等东西，也全都分掉了。李银江作为生产队长，通过抓阄的方式，把各种东西分配了下去。自己种地，收的粮食归自己，大家的干劲空前高涨。作为生产队长，这时候事情也少了，李银江可以用心做好自己家的事。当然，虽然说土地分开了，但邻里之间出现些矛盾，李银江还是积极地出面调解。

这样到了1983年1月，四桥村主持工作的副主任郭洪友退了，经大家选举，李银江担任村主任。第二年年初，刚刚立春不久，村支书张新华调到砖瓦厂当厂长，李银江接任了村支书。

不久之后，盱眙县评选"农村经济发展带头人"，李银江因为突出的成绩，光荣地当选了"带头人"。拿到县委县政府颁发的奖状时，李银江十分兴奋，激动地说："我过去连一个民兵都没捞着当上，今天能受到县委县政府的嘉奖，真是太高兴了！"

1931年9月中共盱眙县委员会在西高庙召开成立大会，李桂五为首任县委书记，一晃过去了50多年，盱眙的党员已从当初的几十人发展到一万五千多人。1985年4月，中国共产党盱眙县委员会第七次代表大会胜利召开，出席的正式代表272名。之所以重点提到这次大会，因为出席活动的272名同志中，就包括李银江。不要说盱眙县，就是桂五镇，也有近千名党员啊，李银江能成为党代表，有多难得啊。李银江身上寄托着党员们的信任，同时也承担着一份沉甸甸的责任。

更让李银江感到自豪的是，他是桂五镇唯一的一名农村党员代表。

李银江能成为县党代会代表，的确出乎他的意料，但更让他没想到的是，32年之后，他会成为中国共产党十九大代表，去庄严的人民大会堂聆听中央领导的报告。而五年后的2022年，他又光荣地当选了二十大党代表。

第二章 创建敬老院

1 3个月，11间房

中国目前已经进入老龄化社会，老年人该如何更好地安度晚年，是一个摆在眼前的紧迫问题。中国传统的观念是子孙满堂，四世同堂，但是随着社会的发展，老年人越来越需要有自己的活动空间，需要更好地被照料，养老院是一个不错的选择。

对于绝大多数老年人而言，他们是希望在家里养老的，故土难离，老窝难舍。他们大多不愿意离开熟悉的环境，改变已经熟悉的生活，因此当前的实际情况是，许多生活尚能自理的老年人，宁愿待在家里安度晚年，经济条件好的家庭，则雇保姆居家养老，只有那些实在无人照顾的老人，才不得不去敬老院。

中国很早就开始建设敬老院，盱眙敬老院建于三十六年前。

1986年6月初的一天，李银江处理完事情，正准备离开村委会，这时候电话响了，接起来一听，原来是乡长打来的，让他到乡政府去一趟。乡长打电话，肯定有重要的事。

李银江马不停蹄地赶到乡政府。

这一趟乡政府之行，彻底改变了李银江的人生轨迹。

县里统一部署工作，要每个乡镇建立敬老院，桂五还没有敬老院，要尽快建立起来。建敬老院要地方，这个好办，当时乡里荒地还很多，随便就能划一块，问题是谁来管理呢？敬老院属于民政范畴，但乡民政办实在抽不出人手。经过乡党委会研究，决定调四桥村支书李银江担任敬老院院长，给他打电话，就是落实这件事的。

乡长先是把李银江夸奖了一番。李银江这几年的工作，也的确值得表扬。夸奖之后，乡长话锋一转，说是有一项艰巨的任务，非他莫属。

这项任务，自然就是筹建敬老院了。

听说让自己担任敬老院院长，李银江愣了一下。四桥村是他的老家，在这儿生活了将近三十年，十年前李银江开始担任村干部，如今村支书也干了两年多，一切都熟门熟路的。去敬老院，那可是个全新的领域。李银江一开始有点担心自己不能适应，但他是共产党员，要服从组织的安排。稍一沉吟，他便接受了这项任务。就这样，一场谈话，让李银江从村支书变成了敬老院院长。

敬老院院长，说起来是个院长，好像很好听，实际上没有任何工作人员，就李银江一个光杆司令，连办公地点都没有。乡长把李银江带到一片荒地前，比画着说，这块地4.2亩，你就踏踏实实干，给我干出个样子来。

敬老院要在国庆节启动使用，此时已是6月份，只有三个月的时间了，非常紧迫。李银江把村里的工作交接一下，立刻投入敬老院的建设上来。

一片荒地，什么都没有，李银江首先要做的，是进行规划。李银江没学过规划，但他在农村盖过房子。建敬老院，就是给老人盖房子。道理都是一样的。自己家怎么盖房子，就怎么建敬老院。

时间紧，任务重，李银江离不开工地，但工地上又没有住处，怎么办？李银江有办法，跑到街上，花四块两毛钱，扯了一斤六两的一块塑料薄膜，在工地上搭了间小棚子。这就是他每天晚上的住所。幸亏不是冬天，否则这样的塑料棚哪能住得了人？冬天冷得受不了，夏天不存在这个问题，但躺在这个小棚子里，闷热得难受，再加上蚊子嗡嗡叫，根本睡不好，不过为了敬老院早日建成，李银江都忍受了。住在工地，吃也离不开这儿，妻子一大早送来饭，送一次管三顿，晚饭后再把碗带走。这样持续了好多天，直到工人进来大家一起开伙吃饭，妻子才没再送饭。可以说，敬老院的建设，离不开李银江妻子的支持。

李银江的妻子名叫韩素珍，两人于1980年结婚，此时孩子还小，正是需要人照顾的时候，李银江几个月不着家，骤然增加了妻子的压力，但韩素珍从不叫苦叫累。李银江以后的民政工作生涯，也都没离开妻子的支持。正是应了那句话：军功章里，有我的一半，也有你的一半。

有了妻子的鼎力相助，李银江把全部精力都投入在敬老院上。建设的费用有限，这就要求施工必须精打细算，不能浪费一分钱。乡里主持对施工队进行了招标，李银江对负责施工的同志说："孤寡老人都是我们的父辈，敬老院工程是良心工程，为他们做好安身之所，丝毫不能马虎，只有做到让他们满意才算尽到了孝道！"说得施工队的同志频频点头。

建筑队进来后，按说李银江可以清闲点了，实际上，他一点没有轻松，跟着大家一起运沙石、扛木材、砌砖头……工人们干什么，他就跟着干什么。不同的是，工人们干完活可以回家，他还要住在工地上。

这样干了三个月，到9月25日，敬老院终于完工了，8间住房，3间厨房，漂漂亮亮地立在那儿，李银江这才算松了口气。领导看着新落成的敬老院，也非常满意。

在建设敬老院的日子里，李银江还完成了一件重要的事情。

无论是村支书，还是敬老院院长，都没有公务员或事业编制，也就是说，李银江跟乡里的正式工作人员，区别还是很大的。在此期间，县民政局招收一批工作人员，在领导的鼓励下，李银江也报名了。这次仅招录7个人，结果有50多个人报名，虽然说比如今招录公务员情况要好些，但能考上的毕竟是少数，考上一个，就有六七个人落榜。李银江文化上有老底子，人又聪明，在建设敬老院的空隙稍微复习了一下，就去参加考试了，结果考了全县第一名。国庆节前夕，敬老院落成，李银江又成了"公家人"，对于他来说，可谓是双喜临门。

因为历史的原因，李银江的父亲李学仁一直过得比较压抑，后来李银江有出息，成为村主任、村支书，让他心情好了许多，但他怎么也想不到，李银江会成为"公家人"。李银江到政府上班的第一天，李学仁按捺不住激动的心情，一个人跑到政府门前的街上来来回回走了三趟。晚上李银江回到家，李学仁说，他能有今天，是几代人想不到的，金杯银杯，不如老百姓的口碑，嘱咐李银江"一定要做一个有口碑的人"。

这句话，李银江牢牢地记了一辈子。

2　开院七老

敬老院8间宿舍，每间宿舍放两张床，这样算下来，可以安排下16位老人。桂五镇那么多老人，只有16张床够不够呢？恐怕是僧多粥少吧？李银江有些担心，但他转念一想，老人是很多，但也不一定都肯过来住，万一床不够，那就先安排需求迫切的老人，其他的人，以后再想办法解决。

李银江考虑得很周全，但事实证明，他的担心是多余的。

本来以为建了敬老院，很多老人想住进来，但在建的过程中，虽然也有人问过，却没有一个人明确表示愿意过来住。李银江想，可能是因为房子还没建好吧，建好就有人来了，然而等到房子竣工，还是没人来，这说明，大家对敬老院还不太了解，既然不明白，那就得普及知识。李银江打听了各村五保老人的情况，怀着喜悦的心情登门拜访，以为大家会兴致勃勃地过来住，哪知道却碰了一鼻子灰。

大家怎么不肯来呢？五保老人，年龄都很大，村里没有直系亲属，生活非常不便，一个人冷冷清清的。来到敬老院就不一样了，大家一起吃，一起乐，医疗卫生也有保障，按说都想来才对，为什么会碰壁呢？李银江想不通。想不通也要想，必须解决这个问题，再过几天，敬老院就要举办启动仪式了，李银江决定把重点户再走访一遍。

傅伟俭老人就是他的重点走访对象。

读过几年私塾的傅伟俭老人是一位五保户，独自住在一间小屋子里，李银江遭遇挫折后，走进了老人的小屋。跟老人聊了几句，傅伟俭坦诚吐露，帮助李银江揭开了其中的秘密。五保老人没有子女，在农村有些孤单，但毕竟还有子侄晚辈，还有左邻右舍，逢年过节的，大家不会忘记他们，东家一盘菜，西家一碗汤，生活上不成问题。这些老人辈份一般都比较高，邻居们喊伯的喊爷的，让他们非常开心。总而言之，老人在村里生活得挺好。百年以后，子侄晚辈也给他们养老送终。至于敬老院，那是个什么东西，谁说得清？除了几间房子、一块牌子，还有什么东西？到敬老院一住，天天就待在屋子里，闷也闷死了，谁受得了？

通过与傅伟俭老人的沟通，李银江明白了：敬老院究竟是怎么回事，大家还不清楚。甚至有的人头一回听说这个词。

李银江立刻调整思路，就从傅伟俭老人开始。

五保老人在农村生活，有其方便的地方，但也存在很多问题。晚辈们也好，邻居们也好，大家平时都很忙，不可能天天照看着他们。吃饭不能有保证。万一生个病什么的，更不可能及时送到医院。送到医院也没有人陪护。在敬老院就不一样了，大家集中吃住，到了饭点就开饭，热热乎乎的。统一住在敬老院里，被子床单有人定期换洗。哪天身体不舒服，专门有人送到医院去。这样的条件，单独住在村子里想也不要想。

傅伟俭老人说，有些人不想住进敬老院，还有个原因，那就是恋土思想，对换环境，大家有种恐惧心理。这也是实情。为打消老人们的这种顾虑，李银江打包票说，大家到敬老院来，包吃包住，我就拿你们当父母，我就是你们的儿子，给你们养老送终。他还跟老人们约定，到敬老院住上几天，吃几顿饭，睡几天觉，如果觉得不好，马上找车子把他们送回去。

傅伟俭老人是很开通的，很快接受了李银江的建议。李银江如法炮制，又走访了几位老人，由于李银江说得在理，再加上他之前在村里工作，口碑非常好，大家都觉得他做人实在，又有六位老人抱着试试看的态度，同意住到敬老院来。这样，首批入驻敬老院的有七位老人。

没有人能料到，当时不想去的敬老院，三十年后，已是一床难求。

1986年6月，李银江接受任务时，要筹建桂五乡敬老院，7月份，桂五乡撤乡建镇，敬老院名称也就成了桂五镇敬老院。10月1日，桂五镇敬老院如期举办启动仪式。李银江正式成为首任院长。在李银江看来，他这个敬老院院长干个两三年也就是了，哪知道，这一干就是三十多年，到目前为止，他还是唯一的一任院长。

3 孝子不好当

老人住进敬老院时，李银江说过，可以先到敬老院住着，如果不适应，他二话不说，马上找车把老人送回去。

首批住进敬老院的七个人中，有一位姓王的老太太，夫家姓马，人称马王氏，也称马奶奶。马奶奶没有子女，早年收养了一个女儿，后来女儿嫁到南京，马奶奶孤身一人，便住进了敬老院。住了一段时间，已经嫁到了南京的闺女，可能是觉得自己的条件好了，能够孝敬老人了，就来到敬老院，想把马奶奶带到南京一起生活。老人十分想念女儿，于是答应跟她一起回去。既然女儿愿意奉养，马奶奶也想过去，李银江遵照她们的意见，结束了马奶奶的敬老院生活。

没想到去到南京后，马奶奶感觉很不适应。女儿家在14楼，每天上下楼得乘电梯，这直上直下的铁家伙，吓坏了没怎么出过门的马奶奶。最初几天，马奶奶下了楼不敢上去，上去了又不敢下来，后来，老人直接选择了不出门。马奶奶心情越来越郁闷，气色也差了很多，这可急坏了本来打算带着老人享福的女儿。在敬老院过得惯，在女儿家反而不习惯，马奶奶跟女儿表达了自己的想法，希望女儿能理解，把她再送回到敬老院里。李银江接到马奶奶女儿的电话，爽快地说，只要马奶奶愿意，随时都可以过来。

敬老院的大门，始终对老人开放着，他们随时可以进来，也随时可以离开，这让老人们心里很舒服。更让老人放心的是，李银江还承诺了两件事：敬老院由老人管理，老人组成院委会，管理政府拨付的养老金和社会捐助，决定自己的生活，院方只提供吃、住及医疗保障；院长要当全院老人的"孝子"，为每一位老人养老送终。这第一条还好说，第二条可有些难度。

两年之后，到了考验李银江的时候了。

李奇山老人是"开院七老"之一，1988年7月12日下午，以82岁高龄辞世。老人弥留之际，李银江打电话从家里叫来爱人韩素珍，夫妇俩打来温水，为老人擦身子、剪指甲、换衣服。同时，让院里工作人员收拾好一间房子，简朴庄严地布置起专用灵堂。当老人的亲戚、过去的乡邻闻讯赶到敬老院吊唁时，李银江胸佩白花、臂戴黑纱，为客人点纸、陪客人鞠躬。守灵三日，李银江基本不离左右。出殡的时候，李银江先是摔了老盆，鼓乐齐鸣后，又手捧老人遗像，走在队伍前面。李银江和爱人哭了，情同手足的其他6位老人也流下了感动和心疼的泪水。

李银江佩白花，戴黑纱，为老人守灵，出殡的时候又是摔老盆，又是手捧老人遗像，做起来并不复杂，但在这背后，却承受了很大的压力。

操办第一场葬礼带来的一点小小"震荡"发生在李银江自己家里。葬礼三日，按照当地风俗，戴重孝的人是忌入别人家门的，李银江为别人当孝子，当然也要避见自己的父母。但是，桂五镇就这么大，敬老院院长为无亲无故的老人当孝子、守灵堂，早成了镇上的头条新闻。

29

第三天晚上，李银江两口子一身疲惫回到家里，喊妈，妈不应，喊爸，爸在喉咙里"嗯"了一声。晚饭之后，一直拉长着脸的老妈开腔了，"银江忙啊！几天不归家到哪儿去啦？去给人家当孝子、摔老盆去啦！我和你爸活得好好的，你怎么去给人家当孝子了？我就想问你一句，你究竟是哪家的孝子？我们今后的孝子由谁来当、老盆由谁来摔？"老妈的数落憋了三天，有备而来，如狂风骤雨，一阵紧似一阵。李银江一看大事不妙，赶紧侍立到老人家面前，高举双手，做出一个夸张动作："爸、妈，我永远是你们的孝子，你们的老盆我会摔得最响！"

老妈"扑哧"一声，本来想笑的，发出来的声音却变成号啕大哭。

4 为 78 位老人送终

为李奇山养老送终，只是李银江这项工作的开始，他没想到，接下来为老人操办这种事会成为家常便饭。

1986 年七位老人入住敬老院，傅伟俭是其中之一，从此开始了他十多年的敬老院生活。菜地里蔬菜碧绿，活动室里欢声笑语，院子里老人们或摆弄健身器材，或休闲地晒太阳，或怡然地聊天……在敬老院里，傅老过上了幸福的生活。

1999 年，傅伟俭已 82 岁高龄，而此时他的身体也越来越差，心脑血管疾病一天天加重。最终在李银江的照料下，老人平静地走完了人生的最后一程。老人去世后，李银江亲自为他擦洗身子，穿上了崭新的寿衣。在守孝三天后，李银江联系来灵车，与大家一起将老人抬上灵车，送到殡仪馆火化后，捧着老人的骨灰回到敬老院，并将骨灰免费安葬进了公墓。

老人弥留之际，拉着李银江的手说："你不是儿子，却比儿子还亲啊。"照顾了十多年的亲人即将离去，李银江忍不住掉下了眼泪。

钱庆楼与陶玉兰都是首批入住敬老院的，他们的故事有些相似之处。

　　钱庆楼在去世前，当着自己唯一的亲人的面，把一生积攒的一万七千元钱递给了李银江。不是亲人更胜亲人，李银江用自己的实际行动向老人证明，自己当初邀请他们进敬老院时的保证没有食言。他用自己的真心真意，让老人在敬老院中温馨地生活，用自己在敬老院工作的每一天，诠释了身为一个共产党员的为民初心。

　　钱庆楼是一个非常勤劳朴实的老人，很少有闲着的时候，尤其是敬老院里开始实行了"工分制"以后。李银江因为好奇，私下找钱庆楼聊天，这才了解到，钱庆楼是个闲不住的人，前半辈子忙习惯了，总觉得自己四肢健全，到了敬老院也不能完全坐吃等死啊，那是浪费资源，他想在自己还能动的时候，多做些事，回报社会，证明自己活得还是有价值的。就这样日复一日，钱庆楼攒了不少钱。李银江说，钱老去世之前，他弟弟和老邻居们也到床前来送他最后一程，但谁都没想到，他在生命的最后时刻，会当着他们的面把这笔钱交给李银江。李银江是既感动又难过，但他没有要这笔钱，钱庆楼有亲人，李银江把这笔钱分给了他的亲弟弟和邻里，他们也都过得十分困难，就当是给钱老最后做了一次好事了。

　　首批进入敬老院的陶玉兰老人，在敬老院生活了二十几年，87岁时去世离开了。李银江说，在敬老院刚刚建好的时候，需要老人入住体验，他当时听说陶玉兰心脏不好，也没有亲人，就把陶玉兰列在了一定要邀请的名单当中，下定决心一定要把她请到敬老院来安享晚年。李银江的功夫没有白花，陶玉兰顺利地在敬老院开始了全新的生活，这一过就是二十几年。因为是敬老院的首批院民，李银江一直很在乎他们的感受，一天几次询问他们的意见，生怕老人有一点点的不如意。由于陶玉兰的身体原因，李银江更是如亲儿子般体贴关怀着陶玉兰,这也让陶玉兰享受到了前所未有的亲情。弥留之际的陶玉兰拉过李银江的手,将自己攒了一辈子的600块钱塞给了李银江。

"我拿她当亲娘待,她拿我当亲儿子待,这最后的遗产格外沉重地压在了我的手里。老人的心意我心领了,但我要把钱用在敬老院的开销上。"

2010年腊月,84岁的五保老人陈玉堂得了肺癌,神志不清,经常大小便失禁。李银江日夜守护,换床单、洗被褥、装取暖器、灌热水袋。直到2011年春节,老人安详地闭上了眼。李银江按风俗为老人料理了后事。

李银江所做的一切,敬老院的老人们都看在眼里。丧事完毕后,李银江回敬老院时,90岁的王玉平老人拉着他的手泣不成声地说:"自从住进敬老院,吃、穿、住、用,你都替我们操办得好好的。走了后,把老人们的身后事,也料理得妥妥当当。有你这个比亲儿子还亲的亲人,是我们这辈子最大的幸福。"

三十多年来,桂五敬老院有78位老人先后离世。78位老人,78次送别。每位老人离世,李银江都会为老人守灵、办丧事,一次次摔老盆、捧遗像,送老人走完人世间的最后一程。除了给父母尽孝,不啻做了78回"孝子"。

李银江孝敬老人、奉献自我的事迹,几乎被每一个盱眙人所熟知,甚至其他省市县的很多群众,也都来了解他的情况。在这期间,盱眙的乡贤杨晓峰把李银江的故事写成了一段快板,希望通过这段快板,让李银江的精神感染更多的群众。在征得杨晓峰老先生的同意下,特将快板内容引用于此,以飨读者。到目前为止,李银江送走了78位老人,而在杨晓峰创作快板时,人数还是69,因此快板中两次出现了"69"这个数字。

乡村孝子李银江

我满怀豪情开了腔
今天不把别的表
讲一讲
乡村孝子李银江

李银江
民政办里当主任
又在敬老院里任院长
几十年
他勤勤恳恳踏踏实实做工作
他一门心思扑在为民服务的岗位上

民政工作有起色
上级部门常表彰
被评为
江苏最美基层干部
又荣获
全国道德模范提名奖

一九八六年
他组建桂五敬老院
从此后
孝敬老人他铭记在心上
入院老人一批又一批

他待老人胜似亲爹娘

为老人

他沏茶倒水又喂饭

为老人

掸床叠被洗衣裳

为老人

他问寒问暖操碎了心

为老人

他端屎端尿都不嫌脏

院里边

孤寡老人多

痴呆病残是经常出状况

老人生了病

他守护在病房

老人误走失

他到处去寻访

无论寒暑白天和晚上

直到把

老人安全找回来

他才能面带笑容把心放

有的老人想儿女

他就促膝与其拉家常

贴心的举止多温存

安慰的话儿暖心房

他甘做老人亲生子

当面叫爹又喊娘

老人被他真诚所触动

感激的泪花是满眼眶

都说是

儿女必须亲生养

又谁知

亲生子女怎比那院长李银江

几十年

六十九位老人病故在敬老院

全都是

没儿没女的老人丧

李银江

为其养老送终披麻戴孝掼老盆

孝子他当了七十单一场

这里面

还有他生身父母的两场丧

如今他

在院设立了追思堂

存放着

六十九个牌位和遗像

逢年过节他焚香烧纸磕个头

为的是

他思念老人诉衷肠

为什么
他视老人为家人
为什么
他喊老人为亲爹娘
为什么
他侍奉老人几十年来如一日
为什么
老人过世他念想
是因为
他出身贫苦不忘本
是因为
他无私无畏心善良
是因为
他受党教育懂道理
是因为
他立志做人有梦想
他深知
是党和人民培养了他
他甘愿
为孤寡老人把孝子当
他决心
赤胆忠心献大爱
用实际行动感恩人民感恩党

李银江
他呕心沥血为人民

李银江

　　他全心全意忠于党

　　李银江

　　他为老人把青春献

　　李银江

　　是我们大家学习的好榜样

　　李银江

　　生动故事还很多

　　咱们下次接着讲

　　在桂五镇的新时代文明实践中心，这一段快板经常为乡里的群众演绎着。现在快板一响，不少群众都会情不自禁地跟着打起拍子。

　　"活了大半辈子，我最佩服的人就是李银江，从李银江身上，我学到的东西太多了，我希望每个年龄层次的人都可以学习李银江精神，对照李银江，看看自己对家人、对父母做得够不够，是否正确，真正让李银江精神感染更多的人。"杨晓峰满怀深情地说。

　　在桂五镇敬老院，送别老人的葬礼由李银江主持，已成为一种规格、一种待遇。甚至，神志稍微清醒一点的老人，最后的一个愿望，就是拉着李银江的手含笑而去。

　　每年的清明节、冬至、春节，李银江都会带着敬老院身体硬朗的老人，给已过世的老人祭祀扫墓。

　　年年如此，雷打不动。

第三章 民政界的『孺子牛』

1　帮困扶贫义不容辞

我们经常说，要解决好老百姓普遍关心的民生问题，那么什么是民生问题？民生问题最主要表现在吃穿住行、养老、就医、子女教育等方面，具体来说，包括收入分配、就业保障、医疗保障、安全生产、养老机制、公共卫生、教育等，而困难救助、养老等事情，就落在民政部门的头上。

民政管的事情很杂，关系到人的生老病死，结婚了要去婚姻登记处，去世了要去殡仪馆。

在镇上，民政工作更为烦琐，这一点李银江深有体会，哪家生活困难了，哪家孩子不孝顺了，都来找他，李银江从来不推辞，把事情处理得井井有条。

消除贫困、改善民生、逐步实现共同富裕，是社会主义的本质要求，是中国共产党的重要使命。新中国成立以来，中国共产党带领人民持续向贫困宣战，经过改革开放以来的努力，成功走出了一条中国特色扶贫开发道路，为全面建成小康社会打下了坚实的基础。中国成为世界上减贫人口最多的国家，也是世界上率先完成联合国千年发展目标的国家。

然而截至2014年底，中国仍有7000多万农村贫困人口。

"十三五"期间脱贫攻坚的目标是，到2020年稳定实现农村贫困人口不愁吃、不愁穿，农村贫困人口义务教育、基本医疗、住房安全有保障；同时实现贫困地区农民人均可支配收入增长幅度高于全国平均水平、基本公共服务主要领域指标接近全国平均水平。脱贫攻坚已经到了啃硬骨头、攻关拔寨的冲刺阶段，必须以更大的决心、更明确的思路、更精准的举措、超常规的力度，众志成城实现脱贫攻坚目标，决不能落下一个贫困地区、一个贫困群众。

造成贫困的原因多种多样，其中一个很重要的方面，是因病致贫、因病返贫。前些年，在农村医保还没有普遍实施的情况下，因病致贫的情况比较普遍，桂五镇东园村跃进组的唐万国，就是一个典型的例子。

因为身体不舒服，唐万国去医院检查，结果查出是尿毒症，可是祸不单行，不久之后，他的妻子又确诊了乳腺癌。

即便是一个富裕的家庭，也禁不起病号的折腾，何况唐万国家有两个病号，而且他们的生活条件本来就一般，在这种情况下，其生活的艰难可想而知。面对这样的情况，唐万国连死的心都有了。没有医保，医疗费仿佛一个无底洞，本来子女自己生活得还可以，现在要连累他们了。

"老唐，你可千万不能这么想，你这种情况，政府是不会袖手旁观的。"镇社保站站长李银江劝慰唐万国说。

李银江不是说说而已，而是真正把唐万国的事放在心上，积极地为他们家想办法。唐万国夫妻俩得病，主要开销，就是医疗费，李银江通过大病统筹医疗，为他们报销了一部分费用，让他们能够坚持治疗，解决了最大的负担。

光解决医疗费还不行，患病之后，唐万国本就不怎么厚实的家底彻底掏空了，吃饭都成问题，桂五镇敬老院经常有扶贫单位及个人前来慰问资助，李银江心中惦记着唐万国，有合适的捐助对象，就领着他们为唐万国捐款捐物，让唐万国一家感觉特别温暖。此外，李银江还帮助唐万国家申请了低保，让他们的日常生活有了保障。正是李银江无私的帮助，给唐万国带来了希望，让他有了继续生存的勇气。

对于李银江的帮助，毫不夸张地说，唐万国夫妻俩永世难忘。唐万国经常说，老李和他非亲非故，却费那么大的劲为他们家排忧解难，不好好活着，都感觉对不起他。夫妻俩恢复了生活的信心，坚持与疾病作斗争，唐万国坚持透析，能做简单的农活。妻子通过手术，病情也得到了控制。

农民是朴素的，也懂得感恩，逐渐恢复健康的老唐夫妇，一直想感谢李银江，他们没有贵重的东西，想把地里收获的大米送给李银江尝尝，但李银江一概不收。李银江帮助他们，本来就不图什么回报，何况这么困难的家庭，他也不忍心接受他们的东西。

同唐万国一样，桂五镇四桥村竹园组的陈福玉，也是疾病原因造成了家庭困难，不过生病的不是他本人，而是他的儿子。

陈福玉是一名老党员，人很老实，没什么致富的本领，儿子得了糖尿病，孙女上中学，开销很大，尽管一家人省吃俭用的，生活仍然十分困难，吃不好，睡不好，一日三顿混个肚饱，住在破旧的房子里，勉强维持着生计。

陈家的情况，很快被李银江知晓了，李银江及时为他办理了低保。陈福玉住得破破烂烂的，影响形象倒在其次，还很危险，房屋随时有倒塌的可能，李银江担心得很，想尽快帮他解决这个问题。2000年，通过多方筹资，李银江帮陈福玉盖起了两间瓦房。看着崭新的房子、清洁的院子，李银江终于松了一口气。

虽然房子盖起来了，陈福玉生活依旧很困难。村委会有一批意杨树苗，李银江申请了一些，让陈福玉种上，还帮他在房屋四周开荒种田，发展农副产业，很快又帮助他在房前屋后筑起了鸡舍和猪圈，通过一番努力，切实提高了陈福玉的生活水平。之后每个月李银江都对陈福玉家进行走访，陪老人聊天，让他感受到亲情的温暖和关爱。

2013年，陈福玉过80大寿，李银江精心准备，买来生日蛋糕，做上可口的菜肴，和他的儿子、孙女一起为老人祝寿，让陈福玉接受在场所有人的祝福。陈福玉头一回享受这样的待遇，激动地流下了眼泪。

"李院长关心咱们这些困难老党员，比自己的亲儿子还要亲啊！"提起李银江，陈福玉总是赞不绝口。

"我觉得与老人们在一起很开心，照顾老人是一件很幸福的事。"李银江总是微笑着说。

陈福玉的儿子陈泰峰，因为身体原因，不能干重活，在李银江的鼓励和帮助下，开起了马自达，一个月有上千元的收入，生活惬意得很，而当初读书的孙女，也已结婚生子，有了自己幸福的小家庭。

盱眙中学是盱眙县最好的高中，是盱眙县所有初中生梦寐以求的学校，他们都以考上盱眙中学为荣，身穿盱眙中学的校服，走到哪里都会引来家长和学生羡慕的眼光。那年桂五镇林山村新民组的严凤芝的两个女儿严彩霞、严云霞同时考上盱眙中学，在当地引起不小的轰动。

穷家居然一下子飞出两只金凤凰？村里人连连称奇。严凤芝的老婆有智力障碍，自己没法出去打工赚钱。心情苦闷的严凤芝经常喝点散装劣质酒排解愁苦。劳累加上酒精刺激，严凤芝得了慢性病，需要常年吃药。

严凤芝家是真的穷，别人家的房子是钢筋混凝土或者砖瓦结构，他家的房子是用秸秆搭的，房间里只有几样简单必需的生活用品。

姐妹俩一起考取盱眙中学，在当地成为佳话，但严凤芝却陷入了焦虑之中，以致夜不能眠。让两个孩子都上高中，家里负担不起，如果只给一个上，又觉得对不起那个失学的。彩霞和云霞看出了父亲的心思，都提心吊胆地看着父亲的脸色，大气不敢喘，生怕自己成为被父亲放弃的那一个。

严凤芝日夜长吁短叹的。

"爸，您就让我们俩都上吧。"一天姐妹俩哭着对严凤芝说，"我俩商量好了，以后我们少吃点饭，不穿新衣服，不要零花钱……"

严凤芝心想，这能省下多少呢。两个孩子多年没穿过新衣服了，袖口和裤腿都短了一截，幸亏流行中袖和九分裤，要不然就难看了。两个孩子非常懂事，从来不乱花钱，从不买零食，长这么大没喝过娃哈哈营养快线，看别的孩子吃方便面都眼馋，但是都忍着。家里没特意买过水果和牛奶，自家地里长什么就吃什么。想吃零嘴就上山摘几个山果。家里最好吃的东西就是卖油炸食品的亲戚送来的没卖完的油条和条酥。只要这个亲戚上门，孩子们就两眼放光。

极度的贫寒没有压垮两个女孩，反倒使她们头脑更清醒，性格更坚韧。姐妹俩暗地里较劲，比赛谁学习更用功，谁的成绩更好，谁获得的奖状更多。别人家墙上贴的是明星搔首弄姿的照片，严凤芝家掉灰的墙上用糨糊糊满了两个女儿的奖状。清一色的金黄色映亮了这个暗淡破烂的家，也是孩子们心里的光。心里有光的孩子，日子再苦也不觉得苦。

被孩子的眼泪弄得心里乱糟糟的严凤芝又喝起了小酒解愁。这次喝得比平时多。一边喝一边骂自己无能，骂自己没用，心里狠狠骂，嘴上不停喝。酒精一路灼热地烫着食管、烫着胃囊，渗透到血液里，人产生了奇异的轻松感，精神有点恍惚。

这时候，从门外走进来一个人。

醉眼迷离的严凤芝一时没认清，心想，谁会来我们这个破家？鬼都不会来。

"老严，这是两个孩子的学费，抓紧带她们去报名吧，别错过了时间。"

严凤芝一下子清醒过来了，看到来人把一大把百元大钞摊在饭桌上，红彤彤的煞是亮眼。

"我是桂五镇民政办的李银江。"来人自我介绍道。

李银江？严凤芝惊呆了，这名字如雷贯耳，是桂五镇救急救难的"及时雨"，没想到这场及时雨落到他严凤芝家了！感动加激动让严凤芝肚里的劣质酒都化成了眼泪汩汩流出来："你就是孩子的再生爹娘啊！"

李银江豪爽地说："好啊，今天我就认下两个孩子做干闺女，帮助她们完成学业。"

李银江从来都是说到做到。他开始尽自己所能帮助两个孩子。除了每学期送上学费，逢年过节还给孩子们零花钱，最少时给姐妹俩每人200元，有时400、500元，最多的时候给了1700元。

盱眙中学集聚了全县最好的学生，家长们望子成龙、望女成凤，为了助力孩子们在竞争中取胜，家长们在孩子的营养问题上可以说是全力以赴，不敢有丝毫的马虎，生怕自家孩子因为营养不够导致脑力跟不上，总是变着花样给孩子加餐，往学校送鱼送肉。严凤芝给孩子送的是从自家地里挖的山芋和萝卜。两个孩子怕同学笑话，都是等同学们睡着了，才偷偷拿出来在被窝里啃。

"孩子懂事，让人心疼，我能多帮就多帮一点，孩子最后双双考取理想大学，毕业后都留在了大城市工作，把父母也接了去。"李银江一脸的欣慰。

孩子考上大学那年，李银江多方筹集资金，寄给她们2000元钱交学费，在当时这是一笔不小的数目。

"如果没有李爸爸的全力支持和倾力资助，她和妹妹想读完大学很难，李爸爸的恩情她一辈子也忘不了。"现在住在老大彩霞家的严凤芝说，"李大哥在我两个闺女身上，不知道贴了多少钱。"

"没多少。"李银江笑着说，"闺女上次回来给我过寿，又买酒，又买烟。再说，我帮她们也是应该的。她们学好了本领，在各自岗位上努力工作，也是为国家做贡献。"

2011年10月，桂五镇高庙居委会敖岗组农民王广林连日来腹痛、便血，实在扛不住了，去医院做了检查。

王广林怕进医院，是因为怕花钱，他赚的都是血汗钱，家里有老人和孩子，需要用钱的地方很多，巴不得一分钱掰成两半花。他的身体早就不正常了，起先是大便的习惯莫名其妙地改变了，以前一天一次，后来不知道怎么回事，突然变成不固定，还经常便秘、腹泻，后来每次大便都肚子疼、便里带血，他没有放在心上，去卫生室买一盒消炎药吃吃，就不管了，有时当成痔疮处理，薅几片无花果叶子熬水喝。家里人劝他去医院查查，他说，能吃能喝的，会有多大事？这回肚子实在疼得厉害，加上拉了一摊血，把妻子吓了一跳，硬逼他进医院看病他才去的。

经过一系列检查，王广林最终确诊为直肠癌，听到这个结果，他眼前一黑，差点摔倒了。王广林不知道自己是怎么回到家里的。看着他失魂落魄的样子，妻子产生了一种不祥的预感。她一把夺过病历,"直肠癌"三个字赫然在目。

妻子突然哭了起来,王广林上前抱住妻子,也哭了起来。妻子先止住哭声,说:"广林,哭有啥用,咱得赶紧去做手术。"王广林的眼睛愈发黯淡,说道:"我问过医生了,做手术得需要一大笔费用。"他说出一个让妻子吃惊的数字。妻子拿出家里的存折,上面的数字还差很多。怎么办?到哪里去筹钱?亲戚们家家都不宽裕,有的刚买过房子,还欠银行一大笔钱,有的家里孩子上大学,筹集学费都费力,有的家里老人生病,都没有多余的钱外借。

"先住进医院,有医生在,心里有点安慰,总不能在家里等——"妻子赶紧闭上嘴,没有说出那个"死"字。

王广林在医院住了一段时间,每天看着不断攀升的医疗费用数字,心急如焚。有一天输完当天最后一瓶水,他回家了,打定主意不治了。在家里没过几天,病情进一步恶化,王广林被折磨得痛苦不堪。本能的求生欲望又一次升腾起来。这时他的目光无意间落到一张卡片上,它就是"民情联系卡",已放在那里很久了,上面落了一层灰尘。他拿起来,心头升起一丝渺茫的希望。抱着试试看的心理,王广林拨通了上面的电话号码。接电话的是李银江。了解了王广林的情况后,李银江很同情他的遭遇,立即表示帮助他申请临时救助款。

"千万别放弃治疗的机会,我来给你筹钱。"李银江说。

接下来的几天,李银江带着王广林的相关资料,在市民政、县民政、红十字会、慈善总会间来回奔波,临时救助有政策规定,李银江就想着在政策允许的范围内,多跑几家单位,每家单位都能救助一点,也就能多跑到一点救助款,让王广林多一点生的希望。每到一处,他都情词恳切地讲述王广林家的困难,说王广林人到中年,老人、孩子都指靠他,他是家庭的顶梁柱,如果他没了,这个家就完了，以此激起对方的同情心。在他的争取下，一笔笔临时救助款拨了下来。李银江激动地打电话给王广林："老王，救助款下来了，赶紧去医院接着治疗吧，别再耽搁了……"

"我又可以活了，我又可以活了……"眼泪瞬间模糊了王广林的眼睛，他喜极而泣。

王广林没有想到，一张"民情联系卡"为他搭起通往希望的桥。

多年来，李银江已向当地百姓发放了两万多张民情联系卡，卡的一面印着李银江的名字、职务和电话号码，另一面印着十六个字：扶贫帮困，排忧解难，牵线搭桥，矛盾化解。桂五镇每家每户都曾收到过这张卡片，谁有困难都可以随时找李银江。

2 有子如你死无憾

林山村尖山组的丁奶奶,是一位军属,儿子在徐州某部服役,技术型志愿兵,在当地娶妻生子,安家落户了。

丁奶奶的儿子乳名百岁子,顾名思义,是丁奶奶和丈夫两人年龄相加100岁那年生的。丁奶奶与丈夫互相照顾,生活倒也无忧无虑,没想到,老伴突然生病,于1992年去世了,丁奶奶禁不住刺激,精神分裂,日夜在村庄田野间游荡,常常食不果腹,衣不遮体。儿子回来一次,老人安逸几天,儿子一走,老人病情益发加重,甚至失去了自主的行为能力,大小便都失禁了。百岁子没有办法,请示部队,准备带母亲随军。可是她这种情况,到部队儿子哪有精力照顾啊?

丁奶奶的情况,传到了李银江的耳朵里,李银江骑车赶到林山村,找到百岁子,推心置腹地说,你在部队任务重,爱人年轻,又有孩子,母亲去了以后人生地不熟,走丢了想找都找不到。交给我吧,敬老院老人多,可以相互照应,对她的治疗也有好处,你多回来探望探望就行了。一席话说得百岁子眼含热泪,千恩万谢。百岁子回部队后,每年都出色完成了自己承担的任务,丁奶奶也在敬老院度过了自己相对安定的最后四年。

"相对安定",是说丁奶奶一时清醒、一时糊涂,清醒时,过着正常老年人的有序生活,糊涂时,思维、情绪失去控制能力,有时会闹出非常尴尬的事。

有一年冬天,犯病期间,丁奶奶吃多了大白菜烧肉,偏偏这时又着了凉,大小便失禁了的她,又爱往人多的地方凑,她走到哪里,哪里就一片嘘声。李银江听说了,立即赶到现场,将她带回自己宿舍,叫人打来热水,为她脱去外衣,然后用剪刀剪开内衣裤,为丁奶奶擦洗身子,换上干净衣服后让她服药睡下。李银江说那时候顾不上男女禁忌了,也顾不得什么污秽和脏臭了,她就是母亲,自己就是儿子!

丁奶奶神志不清的时候,儿子百岁子一家回来探望,儿子哭着喊"妈妈",孙子哭着喊"奶奶",丁奶奶毫无反应。这时,从县里开会回来的李银江来到床前,一声"丁奶奶",丁奶奶睁开了双眼,颤抖着伸出一只手来,李银江一见,马上双手握了过去,丁奶奶一字一颤地说道:"老大,多亏了你啊!"

中青年劳动力外出,而流动人口难以融入城市社会和流入地社会,所以他们外出打工往往无法让全家人跟着他们迁徙,于是出现了"留守儿童"这一现象。

农村留守儿童增多带来一系列不良后果。首先,留守儿童自身面临的社会问题是家庭教育缺位,和父母的关系淡化,在社会交往中存在着自卑情绪;其次,留守儿童增加了农村老人的生活负担;再次,留守儿童增加了农村教育的难度。另外还有一点,留守儿童使农村与儿童有关的社会安全问题增加了。

留守儿童增加的同时，孤寡老人也增加了。留守空巢的老人自身面临的问题是养老的困境，其中感情孤独、寂寞，特别是高龄老人的生活，成为农村的难题，导致农村老人的自杀、孤独死亡现象增加，与此同时，老人的社会地位也在持续下降。

由于徐英柱外出工作，他的父亲也成了留守老人。

徐英柱是桂五镇方港村村民，前几年，工作不好找，几经周折，才发现扬州有个机会。徐英柱有些犹豫，扬州的机会很好，放弃了太可惜，但因为离老家太远，一年回不了几次家，而母亲去世得早，父亲徐继华一个人留在家中，让他很不放心。

"儿啊，找个合适的工作不容易，你去吧，我自己能照顾自己，过几年我年龄大了，实在不行你再回来。"徐继华劝他说。

就这样，徐英柱去了扬州。

一晃几年过去了，徐继华的年龄越来越大，一个人生活很吃力，徐英柱就有回来的打算。可是在那边工作刚有点起色，这么放弃太可惜了。

就在这时候，李银江了解到了这个情况，他立马给徐英柱打电话，让他在扬州安心工作，自己会帮他照顾父亲，听得徐英柱热泪盈眶。

从此以后，照顾徐继华成了李银江的日常工作，柴米油盐，李银江全都包了，平时上班前，经常去徐继华家坐坐，给他带上一些家里的早餐，陪着徐大爷边吃边聊天，还帮他收拾碗筷、打扫卫生，跟对待自己家的老人没什么分别。到了特殊的节日，比如说端午节、中秋节、元宵节什么的，粽子、月饼、汤圆，全都提前准备好，第一个就给老人送去。

李银江周到的照顾，免除了徐英柱的后顾之忧。

由于能够专心工作，徐英柱渐渐在扬州站住了脚跟，总把父亲留在老家也不像话，徐英柱就想把父亲接过去。2007年，徐英柱从扬州赶回桂五镇，首先来到李银江家，向他表达了自己的感激之情，然后才接父亲去扬州。

1995年11月的一天下午，李银江正准备上班，走到镇政府大门外，看到台阶上坐着一位老人，看到她焦虑的样子，便上前询问她需要办什么事情。

"人老了就是不中用啊，出趟远门，现在我记不得回家的路了，这可怎么办呀？"这位老奶奶边说边哭。通过一番交流，李银江得知，老奶奶今年已经80多岁了，去外地走亲戚，因为年龄大了，记性又不好，不知道回家的路，从中午就坐在这儿，已经坐了好大一会儿了。

"老人家，先去我办公室喝点水吧。"李银江连忙将老奶奶搀了起来。老奶奶一直唉声叹气的，李银江问她有没有吃饭，老奶奶说："哪还有心思吃饭？"李银江说："饭不吃不行啊。"不过这个时候已经过饭点了，食堂没饭了，李银江就买些方便面、火腿肠什么的，让老奶奶垫垫肚子。李银江安慰她说："老人家，别急，都到桂五了，你还怕什么呢？要是今天想不起来，就到敬老院先住一晚上，明天接着想，总归会想起来的。"

这天晚上，老奶奶就住到了敬老院。

经过一夜的休息，老奶奶的气色好了许多，吃过早饭，她主动和李银江聊天。经过与老奶奶的沟通，李银江知道她姓相，住在藕塘村藕塘组，李银江与藕塘村领导联系，核实了老奶奶的身份，为老奶奶买了好些吃的食品，又联系镇里的车辆，将老奶奶送上车，并嘱咐汽车司机，快到家时提醒老奶奶下车，终于让相奶奶顺利回到了家。

53

3 教育不孝子

西汉时期,有个医生叫淳于意,得罪了官府,于是被判"肉刑"押往西安。淳于意有五个女儿,但没有一个儿子,悔恨道:"生子不生男,缓急无可使者!"小女儿缇萦听了父亲的话,很是悲伤,于是陪同父亲一块前往长安。缇萦为了营救父亲,到处奔波,终于把信递到汉文帝手中,使父亲脱离危险,从此汉文帝也废除了"肉刑"。缇萦救父的故事,被后人当作孝的典范,广为传颂。

"孝乃德之本。""百善孝为先。"中国是一个特别讲究孝的国家,孔子首创私学,把孝放在教学首位,说孝是道德之根本,孝是中国古代重要的伦理思想之一,西汉经学家刘向曾编辑过《孝子传》。元代郭居敬辑录古代24个孝子的故事,编成《全相二十四孝诗选》,简称《二十四孝》,从不同角度讲述古人行孝的故事,为中国古代典型的宣扬儒家思想及孝道的通俗读物。后来又有人刊行《二十四孝图诗》《女二十四孝图》等,流传甚广。在传统的木雕、砖雕和刺绣上,经常可以看到这类题材的图案。

孝道是中国传统社会十分重要的道德规范,也是中华民族尊奉的传统美德。在中国传统道德规范中,孝道具有特殊的地位和作用,已经成为中国传统文化的优良传统。孝道文化是中国传统文化的基本文化之一,中国特色社会主义社会理应承继这份道德遗产,发展这份优良传统,丰富中国特色社会主义的伦理精神与道德规范。

对于不孝的子女,李银江是出了名的严厉,严肃处理了多起虐待老人事件。

桂五镇某村村民花某某,母亲80多岁了,跟着他一起生活,刚开始的时候,花某某对老太太也挺孝顺,但随着时间的推移,花某某认为母亲年老体弱,对家庭没什么贡献,还老是拖累自己,逐渐产生了嫌弃的念头。

1985年5月的一天,吃早饭时,老太太刚到厨房门口,花某某由于心情不好,便朝母亲冲过来,夺下碗筷,并将她推出门外。老太太伤心至极,觉得活在世上没有什么意思,于是来到房中大声痛哭。

老人的反常举动,引起了邻居的关注,他们担心老太太想不开,出什么意外,马上联系了李银江,李银江接到电话,意识到事态严重,立即赶到老太太家,用力撞开房门,只见老人已经哭晕在地上。李银江连忙上前将其搀扶到床上,对其进行开导和安慰,终于稳定了她的情绪。

老太太这边暂时没什么事了,但问题的关键,还在花某某身上,自己一走,花某某再犯浑,事情恐怕更糟糕。李银江又给花某某做思想工作,指出赡养老人是子女应尽的义务,虐待老人是违法行为,又讲到老人养育他多不容易。李银江讲得有理有据,动之以情,晓之以理,让花某某充满了愧疚,认识到自己错误的严重性,当即表示决心改正错误,以后好好侍候老人。

桂五镇某村的张奶奶,辛辛苦苦拉扯大三个儿子,本来以为可以享清福了，哪知道，三个儿子，竟然没有一个人愿意赡养老人。

1985年的一个星期天，李银江放弃休息时间，像往常一样深入村里进行走访，当走到张奶奶家时，老人向李银江诉苦说："我有三个儿子，他们相继成家后，都拒绝赡养我们老两口，现在我们饭都吃不上了，李书记救救我们吧！"

两位老人都80多岁了，丧失了劳动能力，无依无靠，孤苦伶仃。李银江看着老太太可怜的样子，非常气愤，将老人的三个儿子叫到村党支部办公室，开始给三个兄弟做思想工作。三个儿子都不吱声，后来李银江才知道，原来分家时，大家都说不公平，产生了矛盾，因而在赡养老人问题上互相推诿。

"尊老爱幼是中华民族的传统美德，赡养老人是法定责任，父母养了你们，你们必须给父母养老送终，也希望你们给自己的儿子做榜样，否则你们父母的今天就是你们的明天。"李银江说。至于分家不公，并不是老人的本意，手心手背都是肉，父母对几个孩子的疼爱，并没有分别，财产分得多一点少一点，是在所难免的，人十个手指头还有长有短呢。

听了李银江的话，三兄弟的态度有所缓和，李银江又耐心地将相关法律法规进行详细解读，明确指出他们三人应尽的赡养义务，否则将涉嫌遗弃罪，不仅会受到道德的谴责，也会受到法律的追究。

五个多小时情、理、法的说服教育，兄弟三人均认识到自己的错误，纷纷表示愿意赡养老人，并在李银江的协调下，签署了调解协议书。

4　绿色殡葬成新风

桂五镇属于丘陵山区，有大片的树林，村民们有每年上坟烧纸祭奠先人的习俗，稍不注意就会引发火灾，所以做好山林防火工作至关重要。

这个现象，引起了李银江的关注，他在琢磨着，如何能从源头解决这类问题呢？过了一段时间，李银江考虑成熟了，便向当时的镇党委书记汇报，准备规划建设四片公益性公墓，用来解决老百姓的骨灰埋葬问题。

李银江跑了几天，选好地址，为节省费用，自己设计图纸，请来施工队，并担任监工，不久一片公益性墓地建好了。经过成本核算，李银江确定了墓地价格：单穴墓地的成本为300元，售价500元；双穴墓地的成本为500多元，售价800—1000元。

2003年，镇上建成了两块公墓，其中宝山公墓35亩、四桥公墓30亩；2004年又建成了两块公墓，林山公墓20亩，哑巴山公墓28亩。

"这才是真正为老百姓着想啊。"大家纷纷称赞李银江。

李银江定了一个规矩，公墓有五个"去世不收费"：复员军人不收费、困难农户不收费、五保户老人不收费、重度残疾老人不收费、突发疾病老人不收费。高庙居委会24岁患有癫痫病的朱毛毛去世，李银江不仅减免了公墓费用，连骨灰盒都没有收一分钱，做到困难户一概不收，让村民真正不再"死不起"。

除了四片公墓，李银江还在敬老院建了安息堂。

农村老人去世时兴大葬，不但要占用大量土地，还要购置昂贵的棺木，有的甚至争相攀比谁家的丧事办得隆重。看着愈演愈烈的奢华葬礼和豪华公墓现象，李银江坐不住了，前往上海实地考察，回来后，经过规划论证，在桂五建了两栋安息堂。这种小型灵堂，可以存放不少骨灰盒，有些地方专门留给村里的困难户、低保户、五保户，他们过世后可以把骨灰盒免费寄存在这里。

殡葬不仅是个体生命的终结，也是亲人为个人逝世寄托情感的一种仪式，但现在不光墓地昂贵，骨灰盒也不便宜，家境一般的，出这些钱也有些难度。

为了打击殡葬市场的乱象，李银江依托敬老院为阵地，经营殡葬用品，实行一条龙服务，所有物品几乎全是进价出售，有效缓解了许多家庭的压力。这里的骨灰盒一般200元左右，而进价则是196元，除去运费，几乎没有任何利润。周边的乡镇，甚至盱城镇的老百姓、丧葬户，现在基本都在桂五民政买骨灰盒、买花圈。

东园村的会计朱斌，前几年舅妈去世了，他找到李银江购买骨灰盒，想买高档次一点的，李银江拿了一个高档次的骨灰盒给他，朱会计一看价格，吃了一惊，说："像这款高档骨灰盒，我问过价格，在殡仪馆里面是12000元，在吹鼓手那儿最起码也得8000元钱，你这里真的只卖1500元钱吗？"李银江说："对普通人是1500

元，对军字头和困难户一律免费。"

为什么桂五民政办的殡葬收费和殡葬市场有这么大的差价，朱会计很是不解，李银江说："桂五的这些丧葬用品基本全是零利润，譬如花圈，总共有三个档次，最便宜的只要5.5元，而在市场却卖到了100元。"

自从桂五民政办经营起了殡葬用品，李银江一直以全县最低的价格来服务于丧葬户，全镇每年累计为丧葬户降减丧葬费用达20多万元，受到老百姓的热烈欢迎。

5 名副其实的"孺子牛"

2018年9月,金风送爽,丹桂飘香。桂五中学团员学生组成志愿者服务队,走进敬老院,开展"敬老孝老"体验活动。

李银江看在眼里,乐在心里。前几天,他到桂五中学校园,在食堂面对全体师生,上了一节"百善孝为先"的爱心课程,结合自己的实际情况,和师生们交流了关爱老人的情怀感受。他深深知道,仅靠一个人敬爱老人是远远不够的。他要用自己的努力带动学生形成良好的社会风气。没有想到,这堂爱心课,很快产生了效果。

孩子们参观了敬老院,之后围绕在老人身边,问这问那的,兴致很高。他们为老人做一些力所能及的事,有的给老人梳头,有的给老人捶背。学生们还洒水扫地,把院子打扫得干干净净。富有文艺才华的学生,给老人表演节目,逗得老人心花怒放。

学生们的到来,让老人很开心,李银江自然也开心得很。将敬老爱幼的美德传承到下一代身上,是李银江最大的心愿。

芝兰馨香,美德流芳。

在李银江的带动下,桂五镇尊老爱老已蔚然成风。

逢年过节,到敬老院送米送油的单位络绎不绝,更有志愿者挨家挨户走进老人家里,陪老人拉家常。

桂五镇为所有老人发一张理发卡,替老人免费理发……

李银江对孝道超越血缘的坚守和传承,像沙砾般细碎,却是一剂社会道德的良药,这种最朴素的力量,撑起了人世间的大爱。

2019年4月,李银江评上了"孺子牛"奖,这是民政部最高荣誉奖,于1986年11月设立,主要授予全国民政系统中成绩卓著、有突出贡献和重大影响、堪称典范的工作人员,以及国内外关心、支持民政事业并做出重大贡献的社会各界人士。鲁迅先生诗作"俯首甘为孺子牛"为人们所熟知,"孺子牛"所体现的一往无前、踏实苦干、不图名利、勇于献身的精神,正是广大民政职工精神风貌的写照。为使这种精神发扬光大、长存永驻,民政部最高荣誉奖特定名为"孺子牛"奖。"孺子牛"奖每四年评选一次,迄今为止,获得此奖的全国民政系统干部职工不足50人,由此可以看出此奖的分量,也可以看出民政部对李银江的认可程度。

社会上大力弘扬的劳模精神,需要发挥传帮带作用,而作为"孺子牛"奖获得者的李银江,其传帮带作用也越来越明显。

"组织上给予我'孺子牛'这份荣誉,我既感动又激动,荣誉属于集体,属于全县民政干部职工团队,我只不过是团队之中的一个缩影。"在传达第十四次全国民政会议精神时,李银江对全县干部职工这样说道。

自从李银江品牌打出去后,但凡他参加的重大会议活动,盱眙县民政局都会邀请他传达会议精神,让全县干部职工拥有更多的学习机会。榜样的力量是无穷的,在李银江的带动下,2018年全县民政系统七个人获得"盱眙好人"称号,四个人获得"淮安好人"称号。

"李银江让我知道,只要实实在在地工作,平凡的岗位也能做出不平凡的成绩。他的事迹激励着我,鼓舞着我。"盱眙县儿童福利院护理班班长夏玉红,在福利院成立前的七年里,抚养过十名孤残儿童,最多同时抚养了五六个孩子。有的孩子患有癫痫等疾病,容易半夜犯病,夏玉红就抱着孩子睡觉以便及时察觉。一旦孩子犯了病,夏玉红就彻夜不眠地观察情况。这一坚持就是十六年。

盱眙县儿童福利院2011年成立后,院里有携带传染病毒的孩子,其他护理员都躲远远的,只有夏玉红给孩子喂奶、洗澡、上药。夏玉红每天除了半个小时吃饭时间,其他时间都围着孩子转。很多人说她给了孩子一个未来,但夏玉红却说:"我因为孩子获得了幸福。"

夏玉红的事迹感动全市人民,她也被评为"淮安好人"。

2019年2月23日夜间11点半左右,盱眙禾康助老员张天洋突然接到85岁独居老人冯晓全的电话。

"小张,我高血压犯了……"

听到老人微弱的声音,张天洋二话不说,立马开车前往老人家里,看到老人倚在门框上痛苦的表情,赶紧把他扶到自己的车上,并拨打了120,在古桑街道与救护车相会,将老人转移到救护车上。医生说,老人是由于高血压引起的心脏衰竭,如果没有张天洋,晚送半个小时的话,错过最佳抢救时间,人恐怕就危险了。老人恢复意识后,不住地向张天洋道谢。

"从事民政工作,经常会遇到这种救急救难的事,李银江说他做好事感到快乐,我也是这么认为的。"张天洋说。

在"学习总书记重要指示　争做新时代民政孺子牛"主题宣讲

活动上，李银江讲述了他不忘初心、牢记使命、一心为民、矢志奉献的故事。李银江说："总书记要求我们'聚焦脱贫攻坚，聚焦特殊群体，聚焦群众关切'，农村老人最关注、最迫切需要的是什么？我认为，就是有个温暖的家，吃得饱、穿得暖、有房住，有人说话、有人关心、有人陪护。说起来，这些都是很具体的小事，但这些小事就是老人生活中的大事。"

李银江在很多场合说过，"我们基层干部，离老百姓最近，直接服务老百姓。群众的眼睛是雪亮的，你的一言一行、一举一动都会被群众看在眼里。群众未必懂什么大道理，你表现好，群众就会说你好，也就会认为共产党好，社会主义好；你如果表现不好，群众不但会对你有意见，也会对党和政府有意见。"

"民政工作关系民生，连着民心，民心就是最大的政治，民政工作就是为党争取民心，巩固党的执政基础的重要工作，而我所做的，不就是这项工作吗？人人都要老，家家有老人，只要守住了老人们的心，就守住了这个家庭的心，只要老人感到生活幸福，全社会就会感到温暖。"李银江对自己的工作充满价值感、使命感。他也得到了社会的认可，几年来，他获得很多荣誉："全国岗位学雷锋标兵""全国民政孺子牛奖""全国道德模范提名奖""江苏时代楷模""江苏最美基层干部""江苏省十佳文明职工""全省优秀共产党员""党的十九大代表""全国优秀党员"等。

对已取得的荣誉，李银江表示自己从来没敢想过："我是个穷苦孩子，在山里长大，刚出生便赶上了'三年困难时期'，饿过肚子，靠着拼命劳动当上生产队长，后来又当上了敬老院院长，1980年光荣入党。30多年来只想着把工作干好，把老人们服侍好，从没想过出名，更没想到走进人民大会堂……我这辈子就是把老命搭上，也报答不完共产党和老百姓对我的养育之恩。"

李银江向央视新闻记者袒露了自己在新时代的目标："能供养的老人的人数扩展到一千人，才是我的心思，五年以后我们桂五镇老年人将达到一万人，养老需求越来越大，敬老院大有可为，让敬老院的所有老人都能幸福美满地生活，就是我最大的幸福。"

第四章 为退役军人撑起一片天

1 最可爱的人

2018年4月16日，是一个值得永远铭记的日子，这一天，退役军人事务部正式成立了。退役军人事务部的成立，标志着国家把退役军人工作推到了前所未有的高度。在此之后，各省市县陆续成立了退役军人事务厅、退役军人事务局。

自晚清以来，中华民族屡屡受到他国欺凌。先是英法发动了两次鸦片战争，之后日本发动甲午战争，再后来八国联军火烧圆明园。推翻清王朝统治后，这种状况仍未改变。尤其是日本，一直觊觎着中国，中国人民英勇反抗，终于赶走了日本侵略者。1949年以后，新中国以崭新的姿态屹立于世界之林，又打败了美国人的侵犯。中国的发展，需要现代化的军事，但归根结底，离不开军人的无私奉献。为了祖国的平安，军人们远离家乡，付出了常人难以想象的艰辛。

韩国与朝鲜原本是一家，二战结束后，这个国家一分为二，时至今日两家依然各自为政。

朝鲜战争爆发后，中国人民进行了伟大的抗美援朝战争。中华民族的优秀儿女组成中国人民志愿军，与朝鲜人民军一道，取得了这场反侵略战争的胜利。抗美援朝战争中，广大志愿军官兵发扬勇猛顽强、不怕牺牲的精神，与侵略者展开了殊死搏斗，谱写出一曲曲响彻云天的革命英雄主义颂歌。战争开始后不久，一个年轻人冒着枪林弹雨去前线采访，撰写的通讯发表在《人民日报》上，引起巨大的反响。这篇文章叫《谁是最可爱的人》，作者魏巍，因为文章影响太大了，从此以后，"最可爱的人"成了军人的代名词。

一日为军人，一生军人情。当过兵的人，对部队都有感情，不舍得离开，但不管愿不愿意，还是有大批军人退役了，军人退役后，很大一部分人，回到了自己的家乡。

桂五镇以革命烈士李桂五同志的名字命名，是革命老区，各类优抚对象有一百多人，在不同时期，他们为国家、为社会、为人民做出过重大贡献，是最光荣的人！实施优抚政策，既体现了社会对他们巨大付出的认可，更体现了党和政府的关怀。

拥军优属是中国共产党的光荣传统和政治优势，在具有光荣历史的桂五镇，作为镇双拥小组成员的李银江，用自己的实际行动帮助关爱身边的困难军属，积极为烈士军属、革命伤残军人、老红军、老复员军人做好事、办实事。

1986年，李银江开始接手民政工作，满怀深情地进村入户为退役军人服务，做优抚对象的贴心人。每逢建军节、国庆节、春节等重要节日，李银江都会以召开座谈会、团拜会的形式，邀请镇主要领导来主持，和大家面对面地交流沟通，了解他们的生产、生活、健康等情况。通过开展各项活动，以更多的途径关心、关爱他们，以政府的名义发放建军节纪念衫、落地电风扇等物品；安排身体状况好的重点优抚对象到黄花塘军部参观学习；现役军人立功了，镇上敲锣打鼓上门报喜，递慰问信，挂光荣牌，让他们真正获得荣誉感、幸福感和成就感；每一位优抚对象病故，李银江都亲自上门吊唁，送花圈，所有丧葬用品全都免费。

为了更好地做好双拥工作，为退伍军人及其家属带来更多的实惠，在李银江的带动下，桂五镇全镇党员干部自发捐款，建立了双拥基金。为了让双拥基金能够发挥出实效，李银江深入了解每一个需要救助的家庭，根据家庭实际情况，为他们进行捐款。在民政干了一辈子的李银江，服务过上百名退役军人。让每个退下来的军人都能找到归属感，在李银江看来，是他义不容辞的责任。

2016年3月，受到省市大力支持的"桂五红军广场"正式开工，李银江放弃了假期，全身心投入这个工程中，从前期的筹资到后期的建设，无论多忙，他都要跑到施工现场了解工程进度，一再叮嘱工程各参与方，一定要保证质量，保证这个"红色工程"能够按时保质完成。同时，为了培养学生们的国防意识、拥军优属意识，李银江积极联系各单位，在桂五中学建造李桂五烈士的塑像，打造李桂五精神宣传长廊，为孩子们提供了一个学习革命先烈视死如归、无私奉献、以身报国的精神的平台，让孩子们能够永远铭记这段历史。

2 守住军人的尊严

老战士是党和国家的宝贵财富,他们英勇的革命精神和无私的奉献精神,永远值得我们学习。因为种种原因,有些老战士在生活上存在这样那样的困难,作为一名基层民政工作者,李银江以自己的实际行动,关心照顾老战士的生活,千方百计解决他们的困难,努力创造更好的生活条件,让他们切实感受到党和政府的关怀和温暖。

周玉川出生于1921年,曾经参加过抗日战争,抗战胜利后,又回到了家乡。他心态好,一直健康地生活着,但随着年龄的增长,身体状况越来越差,后来老伴去世了,子女常年在外打工,他自己一个人独居,显然有些力不从心。

作为一名抗日老兵,周玉川的生活状况,李银江自然是看在眼里,记在心里。虽然周玉川没提过什么要求,李银江知道,像他这种情况,自己生活是肯定不行的,于是主动上门沟通,把他接到了敬老院。在敬老院,周玉川惬意得很,住在光荣室,一天三顿有人端吃端喝,衣服有人洗,卫生也不用操心,夏天冬天都有空调,电视什么时候想看什么时候看，跟以前的生活相比简直是天壤之别。老人年龄大，眼睛不好，电视看不清，长时间看也容易劳累，于是成天带着个小收音机，听听革命歌曲，听听淮剧或黄梅戏，高兴了还能跟着哼几句。

2017年6月的一天晚上，将近夜里十一点了，周玉川突发肾结石，呕吐不止，李银江发现后，立刻叫来救护车，亲自护送老人到县中医院治疗。老人没脱离危险，李银江不敢离开，一直在他身边陪护着，直到周玉川儿子过来了。经过一段时间的治疗，老人身体康复后，重新回到了敬老院。

"李银江比我儿子还有用，是共产党的好干部！"周玉川见人就夸李银江。

来自桂五镇山洪村的陈玉华，曾经参加过抗美援朝战争。

战争是残酷的，在朝鲜战场上，陈玉华奋不顾身，英勇杀敌，却不幸被炮弹炸到，伤及大脑，无法再继续战斗，复员回家了。

这时候，陈玉华的父亲已经去世，与母亲相依为命。陈玉华大脑受伤，变得痴痴傻傻的，生活不能自理，只能由母亲负责照顾他的起居生活。年迈的母亲带着痴傻的儿子，过得很不容易，但不管怎么说，母亲在，家就在，陈玉华还能吃饱饭，穿暖衣，勉强维持着生计。母亲去世后，单身的陈玉华失去了依靠，搬到侄子那儿跟他一起生活。

刚开始几年，侄子也尽心尽力照顾他，陈玉华说不上条件多好，至少活得还比较体面。俗话说久病床前无孝子，老人常年生病，亲生儿子可能都不耐烦，何况是侄子？再说，侄子也有一大家子人要养活，而自己的年龄也越来越大，哪有那么多精力照顾他？渐渐地，侄子对陈玉华过问就少了，生活上，也不像以前那么周到了。

2003年的一天，李银江在街上办事，正好碰到了陈玉华，见他一身邋遢，还在向别人乞讨，不禁大吃一惊。李银江请陈玉华吃了饭，把他带回侄子的家中，侄子看到李银江，心里有愧，不自觉地有些胆怯。李银江责问陈玉华的侄子，对方也不敢争辩，只是反复说自己无能为力，李银江见对方唉声叹气的样子，也没再过分责备他。责备有什么用呢？今天侄子把他留下来了，换身衣服，明天他还得跑出去。

唯一的办法，就是把陈玉华接到敬老院去。

"陈玉华是对国家有贡献的老战士，我们要让他活得有尊严。"这是李银江经常说的一句话。

自打陈玉华进了敬老院，就过上了稳定的生活，不再四处乱跑了，李银江全面负责起了他的饮食起居，并不厌其烦地做着生活上的辅导、心理上的疏导。渐渐地，陈玉华脸变红润了、人变整洁了，生活基本能自理了，也能和人做简单的交流了。整个人看起来清清爽爽、精神抖擞，又重新找回了当年英姿飒爽的战士风采，一直到去世，陈玉华都没受过什么罪。

3 伤残退伍军人的"贴身保姆"

1947年5月,中国人民解放军华东野战军由陈毅、粟裕指挥,在山东省临沂市蒙阴县东南孟良崮地区对国民党整编第七十四师发起进攻,这是一场山地运动歼灭战,该战役全歼国民党"五大主力之首"的整编第七十四师,一举扭转了华东战局。

桂五镇高庙居委会丁郢组的耿志友,就曾经参加过这场战役。

在战场上,耿志友立下了赫赫战功,当时被评定为二等甲级伤残军人,退伍回来之后,被定为五级伤残,由于伤势过重,已经没有行为自主能力,李银江得知这一情况后,1988年把他接到了敬老院。

耿志友性格上有些孤僻,来到敬老院之后,和其他老人不太合得来,基本上没什么交流。他喜欢吃甜食,尤其是夏天喜欢吃西瓜。耿志友经常买来一个大西瓜,一刀切成两半,用勺子挖着吃,从来不跟别的老人分享。西瓜那么大,耿志友一个人一时吃不完,就放在桌子上,第二天接着吃。那么热的天,西瓜都变馊了,耿志友照样吃得下去。

耿志友跟大家合不来，也没人提醒他，免得自讨没趣，但吃馊了的西瓜，很容易生病。其他好心的老人，把这事告诉了李银江。李银江当然不能不管，和声和气地跟他商量，把西瓜分给其他人吃，耿志友不愿意，李银江说，也不是白给人家吃的，今天人家吃你的，明天你吃人家的，不是一样吗？这样还不会造成浪费。只可惜耿志友根本不听。西瓜不给别人吃，放馊了再吃会生病，李银江劝他索性扔掉，或者买个小点的，但没有效果，耿志友依然我行我素。

依着某些老人的建议，直接把他的西瓜扔掉，但当面扔耿志友的东西，他会大发雷霆，不跟你拼命才怪。无论如何不能让他吃坏东西，李银江就找机会，悄悄地把他的西瓜扔了。

不光吃馊的东西，敬老院里还有老人反映，耿志友一日三餐吃了饭，从来不刷碗，看着就让人觉得恶心。李银江了解情况后，果然如此。他找上耿志友说："老耿，吃了饭怎么不刷碗？这样多不卫生啊。"老耿硬邦邦地说："怎么了？这个碗就我一个人吃，又不跟别人乱用，不刷也不要紧。"李银江说："哪怕自己用，不刷碗，也会生细菌的。"

李银江苦口婆心地劝解，耿志友根本不听。

这个老耿，实在拿他没办法，趁着他休息的时候，李银江把他的碗筷刷干净，把他换下来的脏衣裤及时洗好晾干。耿志友年事已高，小便经常失禁，几乎每天晚上都尿床，晴天里，李银江就帮他洗晒，雨天帮他烘干，人非草木，孰能无情？耿志友感受到李银江对他的关爱，性格上也有所改变了。

在敬老院的八年时间里，耿志友没有生过一次病，直到2007年，以83岁的高龄离开人世。

对于给我们国家立下战功，给人民带来幸福生活的老兵，李银江没有忘记他们，李银江曾经说："没有这些老兵，就没有我们今天的幸福生活,老耿无儿无女,我就是他的儿子,我要给他养老送终。"对于这位老人,李银江倾注了自己的全部心血。

在水冲港林场,有一位名叫汪兆宏的退役军人,六级伤残,因病退伍后,一家四口人常年住在山顶上,种四亩山坡地,收入很不稳定,家庭经济收入主要靠汪兆宏残疾军人生活补助费,缺衣少粮,孩子读书都成问题,只能节衣缩食地生活。

2005年,汪兆宏的两个孩子先后到县城读高中,经济压力陡然增大,生活更加困难了,家里仿佛是一座岌岌可危的大厦,随时都可能倒塌。

作为镇上的社保站站长,李银江得知这一情况后,主动登门与汪兆宏促膝谈心,给他分析家庭经济状况,鼓励他寻找发家致富的门路。汪兆宏老实巴交的一个人,哪有什么主意?有主意也不会过到这步田地。俗话说,靠山吃山,靠水吃水,汪兆宏守着一座山,就是宝贵的资源。夫妻俩在李银江的引导下,决定利用山头、草场的资源,大力发展养牛项目。

点子是好点子,但是缺少启动资金,像汪兆宏这种情况,贷款恐怕银行都不肯。李银江二话不说,帮助他从镇双拥基金里面借了免息的1.2万元,让他购买四头母水牛。在夫妻俩的辛勤努力下,家庭收入逐年成倍增长,逐渐缓解了压力。后来儿子、女儿陆续读完了高中和大学,毕业之后,都在盱眙从事医务工作,成为光荣的白衣卫士,并结婚生子,一家人其乐融融的,汪兆宏也在县城购买了100多平方米的商品房。

"我家的好日子,靠的是政府的支持和李银江的帮扶!"汪兆宏整天乐得合不拢嘴,逢人便说。

李银江与优抚对象风雨同舟三十年,在工作中,结下了父子兄弟般的感情，时时念着他们，事事想着他们，处处关心他们。他向上级积极争取爱心献功臣和农村危房改造工程资金，帮助优抚对象新建、改造房屋123间；对于生活困难的优抚对象，主动帮助申请农村低保或重残补助，协调帮扶单位的帮扶资金，向低收入优抚对象户倾斜。李银江还牵头组织全镇党员干部和志愿者筹集、募捐双拥基金累计30多万元，用于解决优抚对象生产、生活、就医、子女入学等困难，让他们对生活充满信心。"两参"人员束其华、刘安东高兴地说："政府双拥基金帮了我们大忙，及时解决我们看病、种田困难的问题，感谢政府！感谢共产党！"

4 解决复员军人的后顾之忧

军人是一个响亮的名字,在部队要听党话能打仗,来到地方,同样要展现出自己的风采,当然,在创业生活等方面,也会遇到一些困难,这时候,就需要我们民政部门的同志勇敢地站出来。

在桂五镇,李银江没少给退役军人出主意动脑筋。

桂五镇六桥村的余保珠,曾经是一名光荣的军人,从部队退伍后,感觉一时无法适应,无所事事,心里很空虚。李银江及时找到余保珠,跟他聊天,问他有什么计划,余保珠在部队经常训练,并没有什么明显的特长,回来干什么,他心里也没数。

俗话说,民以食为天,无论什么时候,大家都离不开吃喝,粮食自然要种,猪肉也要吃,李银江就建议余保珠养猪。养猪要成本,还要技术,余保珠可是什么都没有,李银江说,谁也不是天生什么都会的,不会可以学习嘛,其他的困难,可以共同想办法,你老余做事踏实,人也聪明,说不定还能成为养猪大户呢。一番话,说得余保珠热血沸腾。

说干就干,李银江帮余保珠选好了养猪场地,然后开始筹集资金。养猪的费用，主要是建养猪场，还有猪苗、饲料钱，李银江帮他盘算了，哪些地方要现钱，哪些费用可以赊欠。像建场的砖块，就是从窑厂赊来的，李银江主动为余保珠做了担保，不光做担保，他还天天过来帮忙搬砖、运沙子。

很快养猪场建起来了，李银江又积极联系镇兽医站的养猪专家，请他们过来传授养猪经验。李银江说："学习知识不丢人，有什么不懂的，就向专家请教。"余保珠钻研好学，很快成了村里的养猪能手，别人不懂的都来问他。

余保珠事业发展得很好，猪的数量也在增加，一个猪场，已经不够用了，他想再建一个分厂，找李银江商量，李银江为他出主意、想办法，并向上级有关部门申报项目，很快批了下来。余保珠经常说，感觉自己这个退伍军人真是有了用武之地。

后来为了更好地发展，许多产业成立了合作社，在李银江的建议下，2011年，余保珠联合几位养猪大户，成立了"保猪养猪专业合作社"，当年年产值超过15万元，走出了一条自主创业增收致富的好路子。

这么多年来，李银江积极为农村返乡退伍军人开辟"绿色通道"，帮他们解决一些资金和技术难题，让他们创业更有信心、更有底气。

方港村青年组的刘龙财，曾经参加过抗日战争，退伍回来之后，没有了经济来源，衣食无靠。当时李银江在方港村担任村支部书记，得知这一情况后，第一时间赶到他家，积极帮助他申请各种补助，及时帮他办理了新型农村合作医疗，实行定额门诊补助和住院补助，还帮他盖起了砖瓦房。从此以后，刘龙财就"赖"上了李银江，丁点大的事，什么没烟抽了、肚子难受，甚至是被子破了，都要找到李银江，请他帮忙，李银江一律来者不拒。

对于这些抗战的老同志，李银江时刻记在心上，每逢重大节日，都到刘龙财家里进行走访慰问，帮助他解决实际困难和问题，并送去慰问品及慰问金。

刘龙财是个苦命人，孙女8岁那年，上学途中发生交通事故，重伤不治身亡，老刘还没从失去孙女的痛苦中走出来，大儿子开拖拉机翻车，整个人被压在车下，又没能及时救过来，对他是一个沉重的打击。

这个家庭太难了，大媳妇孤身一个人，小儿子因为家里穷，又娶不上媳妇，李银江一直琢磨着，怎么能多帮帮他们。李银江帮刘龙财送完儿子，跟他好好聊了聊，问他有什么打算，刘龙财只是摇头。

李银江了解到，刘龙财的大儿媳妇不想改嫁，一直在家中尽心照顾老人。小儿子也踏实勤劳，默默陪护。李银江想到，如果这两个人能走到一起，也是一桩喜事。他分别征求两个当事人的意见，见两人都不反对，又帮忙打消了老一辈人的顾虑。最终，两个相互有意的人走到了一起。刘龙财高兴得合不拢嘴。

2013年，李银江多次动员全镇党员干部为刘龙财捐款、捐物，还主动和他进行结对帮扶，帮他解决生活中的各种困难。李银江常说："政府没有忘记你这样的'老兵'，你的日子会越来越好的。"

有一天，李银江听别人聊天，说刘龙财买了五包老鼠药，有意寻死，他立刻往老刘家跑去。

"老刘啊，不给支烟抽吗？你不给我拿我自己去拿了啊。"进了刘龙财家门，李银江借抽烟之名，翻刘龙财的口袋，很快翻出了老鼠药，一看五包都在，这才松了一口气，坐下来和老刘聊天，问他究竟是怎么回事。

原来老刘没事喜欢和老伙计们打牌，可惜水平又不行，总是输，儿媳妇怕他把钱都输了，就收走了他的复员军人补助卡。家里的经济大权都由儿媳掌管着。刘龙财很不高兴，心想这是我的钱，你凭什么收着？跟儿媳大吵一架后，刘龙财一时想不开，就去买了老鼠药。

就因为这点事闹得不可开交，李银江觉得真是又好气又好笑。

李银江先跟刘龙财儿媳妇沟通好，又把一家人请到一起，商议让刘龙财先当一个月的家，然后看他的表现，再决定以后让不让他继续当家。

刘龙财以为自己赢了，高兴得不得了，还真当起了"大当家"的。菜钱、孙子的买笔钱、修理电动车的钱、儿子的烟钱、水费、电费……杂七杂八的，哪个地方都要花钱，自己原本打牌的钱，都被挤占掉了。更主要的是，这些杂事让刘龙财打牌也打不安稳了。没到半个月，老刘就坚持不住了，主动找到李银江，表示不要当这个家了。

"怎么样，管钱不容易吧？现在理解儿媳妇的难处啦？"李银江笑着说道。

刘龙财红着脸点了点头。

从此以后，儿媳妇继续掌管着经济大权，每个月给老刘500元零花钱。刘龙财乐得每天打打牌，再也不提要管账了，一家人过得很和睦。

刘龙财是个犟老头，认死理，村组党员干部及邻居都不愿意搭理他，一有事情，他就去找李银江。村里人对李银江说："刘老头谁都不服，就服你，只有你讲的话他才能听进去。"于是群众给李银江取了一个"刘家大总管"的外号，李银江心甘情愿做刘家大总管30年，直到2016年92岁的刘龙财病故后，他这个大总管才卸任。

5　烈士魂归陵园

2021年9月2日上午,中韩双方在韩国仁川国际机场举行在韩中国人民志愿军烈士遗骸交接仪式,109名中国人民志愿军烈士的遗骸以及1226件遗物将返回祖国。上午11时25分,由两架战斗机护送,在韩中国人民志愿军烈士遗骸抵达沈阳桃仙国际机场。此次迎接烈士遗骸回国仪式,空军专门派出了编号为08的运-20运输机,体现对英烈的缅怀纪念与无上尊崇。

9月3日,在韩中国人民志愿军烈士遗骸安葬仪式在沈阳抗美援朝烈士陵园举行。上午10时,军乐队在陵园的下沉式纪念广场上奏响《思念曲》,仪式正式开始。在解放军战士持枪护卫下,礼兵护送志愿军烈士棺椁缓缓步入现场,全场奏唱中华人民共和国国歌。全体人员向志愿军烈士三鞠躬,27名礼兵鸣枪12响,向英烈致以崇高的敬意。随着《思念曲》再次低回奏响,礼兵们抬起志愿军烈士棺椁,绕广场半周,缓缓走向安葬地宫。

看到这一幕,李银江激动得流下了眼泪。

这是中韩双方第八次进行中国人民志愿军烈士遗骸的交接,早在 2013 年，中国与韩国本着友好协商、务实合作的精神，启动了在韩中国人民志愿军烈士遗骸交接工作。

2014 年 3 月 27 日上午，韩国方面把已经封棺入殓的 437 位中国人民志愿军烈士遗骸从临时安置所运出，韩方共派出 22 辆专车负责运送志愿军烈士遗骸。28 日上午 6 时 30 分，中韩双方在韩国仁川国际机场举行第一批在韩中国人民志愿军烈士遗骸交接仪式。首批 437 具中国人民志愿军遗骸从韩国仁川机场踏上回家之路，运送烈士遗骸的专机进入中国领空后，空军派出两架歼－11B 战机迎接护航。上午 9 时 30 分许，搭载中国人民志愿军烈士遗骸的专机降落在沈阳桃仙国际机场，离开祖国 60 多年的烈士英灵回家了。11 时 30 分，中国政府在沈阳桃仙国际机场举行隆重的迎接仪式。12 时许，礼兵护送志愿军烈士遗骸棺椁上灵车赴沈阳抗美援朝烈士陵园安葬。与此同时，从全国各地赶到沈阳的志愿军后代们手捧菊花，臂缠黑纱，手拿印有"迎接亲人回家"字样的白色条幅来到抗美援朝烈士陵园门前，等待这些在外漂泊了 60 余年的先烈英灵回归国土。

从 2014 年到 2021 年，韩方已向中方连续八年移交中国人民志愿军烈士遗骸。从 2014 年起，中韩之间每年都会举行一次志愿军烈士遗骸遗物的交接，截至 2021 年 9 月，韩方已向中方移交 825 位中国人民志愿军烈士遗骸，这些曾经年轻鲜活的生命为了捍卫祖国的安全，牺牲在异国他乡，终于回到了祖国的怀抱。

烈士们为了保卫祖国，献出宝贵的生命，他们理应受到人们的尊敬，受到最高的礼遇。为了让烈士们入土为安，必须把他们的尸骸接入烈士陵园，以此也可教育后代。

在淮安，淮阴八十二烈士陵园非常著名。

1943 年 3 月 18 日，新四军三师七旅十九团二营四连八十二名指战员在连长白思才、指导员李云鹏的率领下，为掩护刘老庄当地党政军领导机关和人民群众的安全转移，从拂晓达黄昏，面对一千多日伪军的疯狂扫荡，毙敌170余人，伤敌200余人，英勇顽强地击退敌人五次冲锋，终因寡不敌众，全部壮烈牺牲。为纪念牺牲的同志，当地1955年建立了新四军刘老庄连纪念园，又名淮阴八十二烈士陵园。纪念园坐落在淮安市淮阴区刘老庄乡境内，占地约480亩，绿化覆盖率达75%，园区内主要纪念设施有：八十二烈士墓、八十二烈士纪念馆、八十二烈士纪念碑、八十二棵青松、浴血刘老庄主题战壕、刘老庄八十二烈士纪念林等。

与淮阴一样，盱眙也是一片革命的土地，在这里，也有大量牺牲的同志。为了缅怀革命先烈，褒扬他们为国捐躯的献身精神，1976年，盱眙县政府在盱城镇修建了革命烈士陵园。当年盱眙红军的创始人和主要领导者李桂五、徐德文等革命烈士的骨灰先后迁到县烈士陵园安葬。

盱眙建了烈士陵园，然而遗憾的是，还有一些革命烈士有的无墓地，有的散葬在荒郊野外，一直牵绊着李银江的心，他一边建议把其他革命烈士迁入陵园，一边注意搜集资料。

终于，盱眙决定开展以集中安葬烈士为主要内容的"慰烈工程"，将原来分散安葬的烈士在其后代自愿同意的前提下进行集中安葬。

李银江明白，这是告慰烈士英灵、安慰烈士亲属、教育革命后代的好事，容不得半点差错。李银江十分注重宣传工作，利用各种机会，声情并茂地讲解，做到入心入脑，让大家认识到这项工程的意义，支持他的工作。

为了全面地掌握烈士资料，李银江利用各种时间做工作，挨家挨户地统计，做到不错不漏，资料收集后，又利用晚上的时间，逐字逐句地核实，做到有根有据，让这项工作得以顺利推进。

2010年，盱眙县烈士陵园的烈士墓区内，庄严肃穆，气氛凝重，桂五镇四名红军老战士遗骨安葬仪式在这里进行。这次安葬的四位烈士分别是喻传根、王士贵、王有财、王广福，他们是1932年牺牲的盱眙红军游击队员。在李银江的努力下，桂五镇四位红军烈士遗骨终于安葬到县烈士陵园，又回到了老领导身边，与烽火年代的老战友"团聚"在一起。

第五章 残疾人也有春天

1　残疾人的老大哥

可以说，如果没有李银江，黄冰的残疾证，还不知道什么时候才能办下来呢。每次说起这件事，黄冰都声音哽咽着。

李银江任四桥村党支部书记时，经常走访贫困户，有一天来到黄冰家，见到一个小小的院子，还有几间旧房子，屋里没一件像样的家具。

"身体怎么样？家里主要的生活来源是什么？"李银江问道。

"你说什么？再大声一点！"黄冰说。

"我问你身体怎么样？"李银江提高了声音。

"听不清楚啊。"黄冰摇着头无奈地说。看来黄冰的听力不太好，但没想到自己这么大声，他还是听不见。李银江感觉再怎么说也没用，就想用文字交流，问他会不会写字，想到黄冰听不见自己说话，笑了一下，取出笔来，准备写字给他看，这时候，黄冰的家人出来了。

通过与其家人的交流，李银江了解到，原来黄冰自幼听力就有障碍，像这种情况，想治好是很难的，可以申请低保，但由于没有残疾证，达不到相关的政策标准，申请了几次都没有成功。

回到单位后，李银江便联系县残联，咨询残疾证办理的标准、流程及需要的材料。弄清楚办理残疾证的流程后，李银江又打电话到相关单位，预约了办理时间。

随即，李银江带着黄冰到县残联、县医院等多家单位办理相关证明材料。经历了一番严格的流程，黄冰被鉴定为二级残疾，并获得了残疾证，顺利申请到了低保。

"有些村民不识字，一些应该享受的国家政策，不知道怎么争取，帮助老乡做点事，也是应该的。"几十年来，李银江心里始终牵挂着村里的百姓，像这样义务为民办事的例子，已经记不清有多少了。

张浩兵住在合星村张郢组，是一名重度肢残患者，双腿完全丧失了劳动能力，属于一级肢残，无法直立行走，如果去村委会或者镇上，都是采取爬行的方式，看着就让人觉得心酸。但幸运的是，张浩兵遇到了李银江。

每当遇到困难，张浩兵第一时间想到的就是李银江。

针对张浩兵的情况，李银江结合当地实际，将救助政策用足、用活，通过多种渠道帮助他，让张浩兵的生活得到了巨大的改善。

在张浩兵的眼里，李银江就是他的亲人。张浩兵经常说，李银江只要接到他的电话，无论多早多晚，都有求必应。家里没水了，李银江亲自上门给他担水，没米没面了，他就把自己家的米面省着送过来。

李银江特别细心，张浩兵的"菜篮子"他也记在心上。遇到桂五镇逢集，李银江总是早早地来到菜市场，挑选最新鲜的蔬菜食品，送到张浩兵家里。

"有任何困难,都可以及时告诉我,民政部门会尽全力帮助你的。"这是李银江经常说的一句话。

毕竟李银江住得比较远,不可能时时照顾到张浩兵,他跟村里的会计沟通,让他与张浩兵结对帮扶,有困难及时解决,解决不了的,第一时间告诉自己。难怪张浩兵说,李银江就是自己的亲人,那份感情,有时比亲兄弟还亲,直至后来张浩兵患肝癌去世,两人才结束了这份感情。

中国有不少节日,清明节、端午节、中秋节,从2018年起,又增加了一个节日——中国农民丰收节,这是第一个在国家层面专门为农民设立的节日,时间为每年的"秋分"时节。设立"中国农民丰收节",极大地调动了亿万农民的积极性、主动性、创造性,提升了亿万农民的荣誉感、幸福感、获得感。举办"中国农民丰收节",可以展示农村改革发展的巨大成就,同时也展现了中国自古以来以农为本的传统。

丰收是喜悦的,但也是忙碌的,俗话说,春抢日,夏抢时。夏种就得"抢"字当头。眼看着要收麦子了,袁步兵担心自己又得落在后面。

袁步兵是一名肢残者,因为身体不便,每年麦子都是最后收的,这一年,情况发生了变化,袁步兵是村里最先完成麦收的,还早早地播种了玉米。

"老袁可以呀,今年动作很快嘛。"有村民说道。

"我哪有这个本事,都是靠李站长帮忙的。"听到村民们的夸奖,袁步兵憨憨地笑着说道。

原来考虑到夏忙时间紧,有些人家,尤其是残疾人家庭,忙不过来,李银江早早作了准备,牵头成立了午收夏种帮扶组,帮助残疾人家庭搞好午收夏种工作。李银江多次召集相关会议，制定午收夏种帮扶计划，成立帮扶服务队，明确责任，对全镇残疾人家庭进行帮扶，深入田间地头进行帮助抢收抢种，保证秸秆及时还田，并以最快的速度完成夏种。袁步兵就是这项活动的受益者。

长久以来，李银江不断加大对残疾人的帮扶力度，解决残疾人遇到的各种困难。李银江认为，作为一名扶残助残工作者，最重要的是必须有真情、有激情。他经常对身边的同事和朋友们说："人在感情和人格上是平等的。虽然残疾人身体有缺陷，但他们照样是我们的兄弟姐妹。"

残疾人是不幸的，而在所有的残疾人中，从某种意义上说，盲人看不到东西，是最痛苦的，也是最难以忍受的。眼睛是心灵的窗口，窗口都关闭了，心灵还怎么自由地舒展？中国大概有1000多万盲人，而桂五镇合星村祁郢组的王其彩，就是这千万分之一。

由于先天性眼盲，王其彩从出生就没有见过一丝阳光，心里也蒙上了一层阴影，没有小朋友跟他玩，造成了心理孤僻。很多盲人从事两种职业，一是算命，一是沿街说唱。算命说起来是迷信，很多人并不相信，但他们还是想去算一算，大概就是想找人聊聊天吧。当然，盲人心里更痛苦，可能对人生也更超脱些。说唱呢，则与眼睛的关系不太，方便学习。为了以后的生计，王其彩从小就练习说唱，希望长大后能有口饭吃。

转眼到了结婚的年龄，农村男子，本来就不好找对象，王其彩这种情况，更是难上加难。哪家姑娘愿意嫁给盲人？除非她本身也是个盲人。但话说回来，即便是眼睛不好的姑娘，也希望找个看得见的人呢。本来王其彩已经死心了，但在亲友的帮助下，居然找了个老婆，不过智力有些低下。

盲人的孩子未必盲，但智力有问题的父母，遗传的可能性很大。王其彩与老婆生了个儿子，眼睛好好的，智力却有问题。这样的父母，再加上这样的儿子，生活的艰难可想而知。尽管条件不好，王其彩还是希望儿子能建立个家庭，求爷爷拜奶奶，终于给儿子娶了个老婆，还是个盲人。王其彩自己没有希望了，下一代也没希望了，就把希望寄托在第三代身上。儿媳怀孕了，王其彩天天祈祷，希望能生个健康的孩子，这在许多家庭是最平常的事，在他们家只能靠奇迹出现。这世上当然有奇迹，但偏偏没落到他家，孙女出生了，也是个盲人。

这下王其彩彻底失望了。

他也失去了生活的动力。

王其彩心如死灰，作为镇社保站站长的李银江却不能坐视不管，时常牵挂着他家。王其彩家里有什么事，李银江都帮着处理，王其彩要出去了，行走不便，李银江就陪着他，王其彩家有人生病，李银江就陪着挂号、拿药。老是麻烦别人，王其彩也不好意思，李银江不等他招呼，随时去他家看看。

帮助王其彩一家，已经成了李银江生活中的常事，走进王其彩家的小院，到处收拾得都很整齐。

除了必要的衣食住行，李银江还关心王其彩一家人的心理健康，空闲的时候，带他们出去散散步，走进大自然。阳春三月，村里的油菜花田开了，李银江带着他们一家人，感受这美丽的风光。

"这是油菜花，是金黄色的，你闻闻看。"对于王其彩来说，李银江就是他的"眼睛"。

"香，香啊。"王其彩虽然看不见，却能感受到春天的气息，而他的儿子，则在油菜花地里蹦蹦跳跳的。

"李站长是好人呢，打扫、整理、洗衣、晒被……这些琐碎活他都帮着做。他就是我们全家的'眼睛',为我们带来了光明。"王其彩深情地说。

2015年的一天,李银江去合星村支郢组处理事情,看到一个人端着水盆,一瘸一拐地走着,脚步不稳,打了个趔趄,水洒出来一大半。看到这个情景,李银江不由得心里一酸。

这是个残疾人,需要人照顾,怎么还自己出来打水呢?李银江有心去了解一下,只是对方走开了,而自己又有事,只能晚点再说了。

把手头的事情处理好,李银江又来到合星村支郢组,经过打听,知道这个人叫方立全,是重残人员,腿脚不便,一直以来过着独居生活,靠吃低保艰难度日。李银江来到方立全家里,跟他交流一番,安排他到敬老院居住。

方立全在村里没什么事做,也没人说话,感觉很孤独,来到敬老院之后,开始了全新的生活,有人聊天,有人照顾,还能自己做点事,这种美好的生活,以前想都不敢想。

方立全小学毕业,文化水平不算高,但跟那些不识字的老人相比,还算是个文化人。李银江征得他的同意,让他担任敬老院民主理财组组长。桂五敬老院自建院以来,一直实行院民自治,采取公平、公正、公开、民主的管理办法,成立了许多小组,民主理财组就是其中的一个。方立全有这个能力,也愿意做事,正好解决了人手不足的问题,更重要的是,方立全每天帮忙记录院内的开销,觉得自己虽然有残疾,但能为大家做事,是个有用的人,活得很充实。敬老院的生活,彻底改变了方立全的人生,这个原本孤独寂寞、沉默寡言的重残人员,陡然间精神焕发,变得开朗、健谈了,享受着家庭般的温暖,过上了体面的生活。

2 精神病人的知心人

盲人的痛苦，深深地刻在自己的心上，但不管怎么说，虽然眼睛看不到，盲人的神志还是清醒的，有一类残疾人，自己或许不知道悲伤难过，却让家人操碎了心。

这就是精神病人。

精神病是由于人体丘脑、大脑功能的紊乱而导致患者在感知、思维、情感和行为等方面出现异常的一种疾病，常见的精神病有多种类型，比如精神分裂症、情感性精神障碍、脑器质性精神障碍等。

提起精神病人，一般人都避而远之，但在李银江眼里，精神病人同样是需要关心帮助的一个群体，甚至说，是更需要大家帮助的群体。

桂五镇有几位精神病人，李银江与他们非亲非故，但在工作中，却积累了深厚的感情，情同手足，亲如一家。

一般的困难老人，或者是残疾人，李银江都会接到敬老院，照顾他们的衣食起居，但精神病人不是普通的残疾人，有其特殊性。精神病人需要接受专业的治疗，敬老院没有这个条件，而且精神病人控制不了自己，时常发作，会严重影响其他老人的生活，所以盱眙及周边的精神病人，大多会住在十里营卫生院，这个听起来有些特别的医院，其实是一座精神病院。

水冲港村姚郢组的董立兵，就是一名精神病人，又没有监护人，常年住在十里营精神病医院。

董立兵住得远，李银江虽然不能时常照顾他，但也没忘了这名残疾人，隔三岔五的，就带着水果、衣物等生活必需品去看望他，因为去得频繁，精神病医院的院长、医生、护士都认识他了，一看到他就笑着说："李院长，又来看老董啊？"

平时李银江不定期地去看董立兵，逢年过节的时候，更不会把他落下，李银江节衣缩食，只为了能给董立兵添置些物品；天气转冷时，给他拿上新弹好的蓬松的厚棉被；过年制点香肠买点腊肉，都想着为他多留一些。照顾普通病人都不容易，照顾精神病人更加艰难。

董立兵一个人住在医院里，不发病还好，安安静静的，最多冲着人傻笑发呆，一旦发作起来，歇斯底里的，大吼大叫，情绪极不稳定，甚至会动手打人，大家都远远地避开。有几次，董立兵发作时李银江正好在旁边，就想方设法让他安静下来，再慢慢地哄着，让他听话，那份耐心，许多医护人员都比不了，难怪许多医生护士感动得很，纷纷说，李银江院长完全把董立兵当成亲人在照顾，甚至亲人都没有他照顾得好。

"董立兵没有正常人的思维，就得像哄孩子似的，骗骗哄哄的，不能硬来，他什么都不懂，但也不能亏待了他。"李银江经常说道。

山洪村刁郢组的魏万成，本来有一个幸福的家庭，儿子读大学，妻子在盱眙县工业园区打工，然而一场突如其来的疾病，让这个家庭蒙上了一层厚厚的阴影。

也不知道是因为压力大,还是其他什么原因,2013年,魏万成突然患上了精神病,打乱了家庭原有的生活秩序。魏万成无法劳动不说,还需要人照顾,妻子的收入,也就够支付儿子读大学的生活费,一旦失去工作,儿子读书都成问题,因为家里没人有空照顾,无奈之下,魏万成住进了十里营卫生院,每个月的治疗费十分昂贵,家庭经济陷入困顿的境地,入不敷出。

魏万成的家庭情况,李银江很快就掌握了,他及时向镇领导进行汇报,并积极想办法。周一开早会,李银江用简短的时间,介绍魏万成的情况,并号召党员干部捐款。李银江动情地说:"魏万成家庭很困难,咱们作为镇上的干部,应该一起帮帮他,共渡难关。"对于李银江的倡议,大家都踊跃响应,很快筹集了6700元资助魏万成,帮助他家暂时渡过了难关。魏万成精神状态逐渐好转,可以回家休养了。

2014年,魏万成病情突然加重,李银江再次号召镇上的党员干部捐款,捐了35000元,解决了他的住院难题。

除了捐款,李银江还积极为魏万成的家庭办理低保,以保证基本的生活开销,让募捐的款项能够更多地用在他读书的儿子身上。李银江还时常买一些生活必需品到魏万成家中,嘘寒问暖,关心备至,逢年过节给他买新衣、送年货,把他当作亲人照顾,不管魏万成遇到什么困难,只要一个电话,周末也好,深更半夜也好,李银江都毫不含糊,随叫随到。

说到方立祥,很容易想到方立全,以为他们是兄弟俩,其实他们真是兄弟,只不过不是亲兄弟,而是堂兄弟。方立全是哥,方立祥是弟,两人相差十几岁。这兄弟俩很不幸,都是残疾人,方立全是肢体伤残,好歹能照顾自己，方立祥却是精神障碍，智力低下，而且家中就他一个人，没有完全的民事行为能力，想找个人照顾都找不到。

方立祥有精神疾病，衣服破一点没事，但不能不吃饭，而他自己又不会做饭，谁家送一点就吃一点，没人送就饿着，饥一顿饱一顿的，有时候饿极了，就去偷东西，邻居家果园的桃子，农户家的粮食、面粉，反正看到什么拿什么，弄得村子里的居民纷纷抱怨，但对他这样的人，又能怎么办？只能苦笑而已。

方立祥这个情况，村民们都看在眼里，多次向村支书反映过，但村支书也没办法，于是有人说，找李银江呀。

无奈之下，村支书只得向李银江求助。

"残疾人本来生活就清苦，方立祥智力低下，在家住肯定要吃不少苦，把他接到敬老院来，我照顾他。"李银江二话不说，立马答应了。

2013年9月，方立祥住进了桂五镇敬老院。

方立祥智力有问题，饮食、起居也跟正常人不同，显然十分古怪，要想让他满意，吃得好、留得住，快快乐乐地生活，李银江费了不少心思。李银江一点不急躁，静下心来，以温和容忍的心态，经常利用闲时和他促膝谈心，让他深受感动。刚来到敬老院时，方立祥饭也不吃，觉也不睡，每天晚上都要痛哭，哭声非常凄凉，伤感发脾气时，李银江总是出现在他的眼前，耐心地劝说，好言相慰。

一段时间内，李银江不厌其烦地帮方立祥洗衣服，帮他叠被子，给他喂饭，终于让他感受到大家庭的温暖，话也多了，气色也好了，也不到处乱跑了。后来方立全来到敬老院，李银江安排他们兄弟俩住在一块，相互间有个照应，相处得非常好。

"敬老院就是我们幸福的家！"方立祥逢人就说，这句话成了他的口头禅。

3 小作坊成就大人生

锄头长时间不用会生锈，屋子长时间不住损坏快，同样的道理，手脚越用越灵活，脑子越用越灵光。工作累了，自然要歇一歇，但歇久了无所事事，也觉得无聊，而对于夏光静来说，天天待在家里更是痛苦不堪。

夏光静住在桂五镇方港村孙湖组，因为肢体伤残，常年在家赋闲，脾气也变得越来越敏感古怪。

"李院长，夏光静又发脾气了，还砸东西呢，你快去看看吧。"夏光静一发脾气，就有人告诉了李银江。

夏光静这么要强的一个人，什么事都没法干，难怪脾气暴躁，李银江想，得给他找个事做，帮他摆脱心理阴影。

李银江的首要任务，是要安抚夏光静的情绪，隔三岔五地，去夏光静家照顾他的生活起居，跟他闲话家常"套近乎"，赢得他的信任，与此同时，积极地往县残联、县民政局跑，替夏光静联系工作。政府对残疾人很关心，对很多厂子都有招收残疾人的要求，还有的加工厂专门招收残疾人。

功夫不负有心人，2014年，在李银江的努力下，夏光静踏进了县残疾人托养中心。经过培训，夏光静很快胜任了包装打火机的工作，他动作迅速，做得比很多人都好，经常得到中心领导的表扬。因为大家都有残疾，夏光静和同事们也互相帮助，相处得非常融洽，深受同事们的欢迎。

在夏光静看来，这份工作轻松开心，比在家里好多了，收入是小事，最重要的是，在这里找到了自己的人生价值。

俗话说，家有一老，如有一宝，但在许多人看来，老年人没什么用，尤其是残疾老年人，更是一个拖累，而在李银江眼中，他们都是宝。

走进敬老院的小作坊，可以看到一张大桌上堆满了五颜六色的珠子，十几名残疾人正专心致志地用线串着。

这是怎么回事？

此事还要从2014年末说起。

敬老院里的老人们，有些身体好的，可以种种地，活动活动筋骨，而一些腿脚不便的残疾人，在这里感觉非常无聊。怎么才能让残疾人动起来呢？李银江想，社会上有专门为残疾人开办的企业，我们这里为什么不行呢？让有劳动能力的人赚点钱，不是很好吗？

李银江想让院里残疾人的生活变得充实起来，怎么才能让他们不太辛劳，又有事情可做，还可以挣点钱花？李银江一直在动脑筋想办法，于是一年之后，就有了这间进行来料加工的小作坊。

刚开始的时候，李银江从百忙之中挤出时间，亲自去经济开发区跑厂家找货源，一有了货就安排车子拉到敬老院，动员残疾人加入。

为了激发残疾人工作的积极性，在征得院委会的同意后，李银江从敬老院院办经济中拨出专项资金，用于来料加工补贴。

"比方说，穿一串珠子，厂家给1毛5分钱，我们再从院办经济收入中补贴1毛5分钱，这样每串珠子残疾人就可以收入3毛钱了，他们干得高兴，我也高兴。"李银江乐呵呵地说。

敬老院这个小作坊不仅仅面向院里的残疾人，也欢迎社会上的残疾人加入进来，他们可以在家加工，也可以在小作坊里加工，在敬老院上班的，院里还免费为他们提供午餐。

4 活出自豪与骄傲

  2008年，北京承办了夏季奥运会，14年之后的2022年，又承办了冬季奥运会，至此，北京成为第一个承办夏、冬奥运会的城市，而冬奥会结束不久，又举办了残疾人奥运会，中国队夺得第一名。许多残疾人运动员，在赛场上奋力拼搏，为祖国争得了荣誉。

  我们经常说，身残志坚，残疾人虽然身体有缺陷，同样可以活出精彩的人生。

  37岁，对许保连来说，是一道分水岭。37岁之前，许保连没有工作，没有收入，因身患残疾，只能靠政府的救济生活，37岁之后，他成了一家生意红火的修车铺老板。

  许保连是桂五镇合星村高南组人，肢体残疾，由于没有固定收入，日子过得非常清苦。作为镇社保站站长，李银江看在眼里，急在心上。

  授人以鱼，不如授人以渔，李银江深深懂得这个道理，给残疾人物质上的帮助，只能解决他们暂时的困难。如何能让他们自食其力，才是长久之道。李银江一直考虑，要为残疾的许保连找到一把改变生活的"金钥匙"。

2013年5月，李银江再次来到许保连家中，对他进行动员，给他讲述身残志坚的故事，劝他自力更生，闯出新生活。

许保连摇摇头。

"腿也不好，打工遭人嫌，自己又没有技术，怎么闯？"许保连反问道。

"都给你想好了，我出资送你去学修车技术，学成回来，咱去桂五镇上开个修车铺。"李银江说。

"开修车铺？门面得多少钱？生意不好怎么办？"许保连一愣，感觉简直像天方夜谭。

"这些你不用担心，第一年的房租钱，我借给你，你要是生意做成了，就还给我，赔了算我的，还不行吗？"李银江拍着胸脯说。

"那能行吗？"许保连心里很犹豫。

"行不行试试才知道。"李银江说。

就这样，许保连在李银江的资助下，学习了修车技术。许保连人很聪明，更重要的是，他感觉自己不好好学，实在对不起李银江的一片心意。经过努力，许保连很快掌握了技术，开了一家修车铺。由于许保连技术好，人厚道，价格也公道，修车铺生意红红火火，小日子也过得有滋有味。

桂五镇的章海燕，原本是一个活泼可爱的小姑娘，对未来充满了憧憬。但天有不测风云，人有旦夕祸福，一场意外，让她失去了双腿。21岁那年，因为腰间手术失败，直接导致她腰部以下全部瘫痪。这让章海燕难以接受。

刚开始那段时间，章海燕情绪十分低落，整天在家不敢出门，觉得别人瞧不起她，认为自己已经是废人了，什么也干不了，活着是个累赘，甚至动了寻死的念头，但一想到家人，她还是努力忍了下来。

到了25岁那年，章海燕的家人觉得她不小了，动了让她结婚嫁人的念头，希望能有个人一直陪着她，改变她整日死气沉沉的状态。

"我不嫁人，像我这样的残疾人，嫁到人家，也是拖累别人。"章海燕坚决表示反对。

家里人知道，章海燕有心理障碍，但他们并不气馁，反复做工作，终于，章海燕同意结婚了。当然，像她这种情况，想找个特别满意的对象，也不大容易。最终，章海燕选择了一个腿部有残疾的人作为结婚对象，婚后孕育了一个女儿。夫妻两人都有残疾，一个家庭每个月仅靠着三四百元的重残补助费生活，非常地艰难。

2014年，在一次助残活动中，章海燕认识了李银江，并给对方留下了良好的印象。李银江觉得章海燕虽然身有残疾，但人比较聪明机灵，敬老院这边人们进进出出的，缺个管理的人员，章海燕倒挺适合这个工作的，于是请她到敬老院做事。章海燕简直不敢相信自己的耳朵，心中的惊喜自不用说，但同时又有些担心，害怕自己做不好，李银江鼓励她要勇于尝试。

在李银江的眼里，从来没有残疾人和正常人区分对待的这种说法。"你是人，腿虽然已经不好了，但是还有头脑，还有双手，到敬老院里就有事情可以做。"李银江一再强调，人在生活中，无论遭遇了什么事情都不能自暴自弃，要发挥自己的能量，让自己活得有尊严。

就这样，章海燕来到了敬老院工作。

"第一次领到工资后，这么多年第一次敢抬头看人了，感觉特别骄傲，生活又重新有了奔头。"章海燕说。

工作了一段时间，李银江看中章海燕有文化，又让她做现金会计。

"会计这么重要的工作，我哪担得起？"章海燕有些胆怯。

"做会计没有那么难，你可以先试一试。"李银江劝她说。章海燕感受到一种从未有过的被信任的幸福，最终挑起了这副担子，而且做得很不错。

2015年，为了让敬老院的残疾人以及社会上的残疾人能够"有所为"，李银江专门在敬老院批了一间房，成立小作坊，进行来料加工。因为忠厚可靠、踏实能干，章海燕得到供应商的信赖，目前接货、送货以及内部记账、管理等工作，都由她和方立全负责，两人俨然成了这个小作坊的"大当家"。

来到敬老院，在李银江的帮助下，章海燕变得开朗自信了，仿佛重生了一般。章海燕感慨万千。李银江对章海燕特别关心，就像对待亲人一样，在小孩念书、生活等方面，都给予了很多帮助。

5 被抛弃的婴儿

1993年盛夏的一天,李银江刚下班,看到一群人围在一起议论着,不知道怎么回事,正想打听一下,众人看到他自动让出一条路来。

"李主任来了,这小孩有救啦。"

"小孩的父母一定是故意把她放在这里的,离民政办就几步路啊。"

"可怜的孩子,这么小就被亲生父母遗弃了。"

"是啊,这对父母也太狠心了!也不怕遭报应。"

大家七嘴八舌地议论着。

李银江好奇地朝地上一看,一个小婴儿躺在地上,身上裹着一块蓝色布片。时值酷暑,小婴儿被晒得脸色通红,脸上叮着几只苍蝇。许是好久没吃东西了,婴儿的嘴巴不停地蠕动着。别看李银江长得五大三粗的,看起来十分魁梧,却有一副特别软的心肠,最看不得可怜人。

眼前的一幕看得李银江心尖儿打战,他连忙上前赶走苍蝇,把婴儿抱在怀里。估摸婴儿有六个月大,上唇有一道很深的裂隙。李银江带着婴儿径直去了敬老院,把婴儿交给一个60出头的老奶奶,请她给婴儿洗个澡,先喂点水和面糊糊,自己则骑车去街上买奶粉、奶瓶、尿不湿和婴儿衣服等物品。

李银江很快发现,给唇腭裂小孩喂奶太难了,一不注意就会呛着,部分牛奶从鼻腔滋出,小家伙咳嗽不止,满脸通红,呼吸急促。李银江一边恨自己笨手笨脚的,一边嘴里发出"哦哦哦"的声音,小家伙果然安静了下来,亮晶晶的眼睛黑宝石一样专注地看着李银江,一颗老爷们的心被看得软软的、毛茸茸的。

"这孩子太惹人疼了!"李银江给她起了一个好听的名字"晓婷",名字里寄寓着李银江的美好心愿:晓婷有一天会长得亭亭玉立的。

为了让晓婷吃奶时不被呛着,李银江多次去儿童医院向育儿专家请教,终于学会了正确的喂养方式。晓婷吃奶不会再被呛着了,每天进食足量,体检时体重达标,各项营养指标正常,长得很健康,一张小脸蛋红润润的,如果不是唇腭裂,这孩子是个小美人咧。吃饱喝足的晓婷特别爱笑,一看到李银江就欢呼雀跃,要李银江抱抱。

李银江想,得给晓婷做手术,让她过上正常人的生活。如果任由她这副模样,等到懂事的时候,她会自卑的,以后上学了,可能会招来同龄人的嘲笑、欺凌和孤立,那孩子的心灵该会多么痛苦!真到了那一天,她说不定会怨恨我当初救了她一命呢。

李银江想到做到,先联系一家做唇腭裂手术很有名气的省城医院,咨询了与手术相关的问题,然后开始跑做修复手术的资金。李银江的代步工具是一辆自行车,为了给晓婷申请救助款,李银江一天要骑车跑几十里路。炎炎烈日炙烤着他,身上穿的白衬衫常常被汗水湿透,脸也被晒得黝黑。功夫不负有心人,救助款终于跑下来了。

"晓婷先后去南京做了四次修复手术,外观、吞咽、说话等功能都获得了很大改善。"提到这件事,李银江成就感十足。

"唉,孩子遭了很多罪,做手术之前,我抱着她,安抚她,做完手术后,我小心翼翼地照顾她,麻醉过后,小孩疼得直哭,听得我心都碎了。我抱着她在走廊里走来走去。我养自己儿子都没有这么费力操心过。"回想起当初的辛苦,李银江似乎还"心有余悸",不过话头一转,又说道,"好在值得,孩子越长越俊,大伙儿都夸她呢。最让我欣慰的是,孩子心理健康,性格特别阳光。为了解决晓婷的生活问题,我又帮她办理了孤儿、残疾人补贴。"

晓婷一天天长大,为了让她体验到正常家庭生活的温暖,李银江又为她物色了寄养家庭。

"让晓婷在一个健全的家庭成长,这样更有助于孩子的身心健康。"李银江说,"孩子被抱走时,我心里那个舍不得啊。"说到这里,李银江眼睛湿润了。

"幸运的是,晓婷得到了养父母的倾心疼爱,养父母把她视为掌上明珠。"李银江欣慰地说道。

在别人看来,晓婷此生最幸运的,是遇到了李银江这个大好人,他让她获得了重生,从"丑小鸭"华丽蜕变为"白天鹅"。

晓婷20岁生日那天,养父母为她举办了热闹的生日宴会,亲朋好友邀了几大桌,李银江第一个到场道贺。他手上拎着大大的蛋糕,口袋里装着大大的红包,还带来一挂长鞭。正在堂屋里剥毛豆的晓婷听到院子里传来李银江的声音,飞一样跑出来。"李叔叔……"晓婷惊喜地喊道,激动得说不出话来。李银江一口一个"闺女"地叫着,心里乐开了花。那天李银江喝高了,看着"闺女"如他所愿,长得"亭亭玉立",心里那个高兴呀!

2018年,晓婷以优异的成绩从山东协和学院医学影像专业毕业,在李银江的帮助下,找到了一个满意的工作。

6　结束流浪的脚步

乞讨人员有的是未成年儿童，有的是智障患者，四处流浪，缺吃少穿。

每当看到流浪儿，李银江就心痛不已。

由于桂五镇是山区中心镇，人员流动复杂，经常一夜之间镇上来了好几个流浪乞讨人员，有的身患重病，有的无行为能力，李银江只要一发现这种情况，就会立即将这些人员进行合理安置，展开医疗救助、生活救助或者返乡救助。

为了做好流浪乞讨人员的救助工作，李银江不断转变救助流浪乞讨人员的思想观念，改进工作方法，以适应新形势的需求。他结合本地特点，积极探索主动救助的路子，倡导"无偿救助，应助尽救"的理念，不但对主动上门的救助对象提供食品、衣物、简单医疗、代为联系亲属、资助返乡等救助服务，及时解决他们的临时生存困难，帮助他们及时返家与亲人团聚，还主动出击，对正在流浪乞讨的、尚未求助的救助对象实施主动劝助，并对"职业乞丐""假乞丐"等人员进行劝导，变"在家坐等"为"主动救助"，同时大力发动桂五镇居民积极参与，真正当好弱势群体的"及时雨"，对发现有危重病的流浪者、老人、未成年人等急需救助的对象快速反应，保障了救助工作的及时性。

2011年冬季，在离镇政府不远的星星居委会并不显眼的角落里，李银江发现了一名30来岁的男性智障流浪人员。

"右手残疾，身上穿着单衣，脸上还有冻疮留下的疮痂，看样子着实冻得不轻，我将他接到了救助站。但他一直保持沉默，我差点怀疑他是个聋哑人。"李银江回忆道。

为了能够与他交流，李银江一边帮他清洗，一边与他拉起了家常："这是冻疮膏，搽了冻疮会好得快些，别害怕。"

以后的日子里，李银江每天利用搽药的时间，陪他聊聊天，流浪者终于开口说话了，告诉李银江："我是泗洪人，家在哪里自己也记不清了……"说着说着就哭个不停，说要回家。

为了圆他回家的心愿，李银江一方面通过公安部门户籍网络查找，另一方面通过盱眙残疾人联系会核对，寻找他的家人。功夫不负有心人，经历近半个月的查找，李银江终于使他和家人团圆了。

严发伟是桂五镇宝塔村长岗组人，无儿无女，曾长期在外流浪乞讨，风餐露宿，睡桥洞、路边，捡拾垃圾里的霉烂食物，经常吃了上顿没下顿，饥一顿饱一顿的，活得跟流浪犬一样。他本以为自己这辈子就这样了，从来没想到自己还能过上"人"的生活。

在摸排走访困难群体时，李银江得知了严发伟的情况，感到很震惊。他费尽周折找到严发伟，把他带进了敬老院。严发伟从此过上了衣食无忧的生活。

2005年下半年，严发伟中风了，送医院抢救后，虽然留下一条命，但人瘫痪了。农村敬老院因为护工工资低，有的人经常干着干着就跑了，严重缺少人手，李银江就从院长"沦为"了护工，亲自照料病人。严发伟瘫痪期间就是李银江亲手照顾的，定期给他擦洗身子、换衣服，用便盆在床上给他接屎接尿，擦屁股、清洗屁股，洗被褥、晒被褥，保持床上干净整洁。

按照医生的叮嘱，李银江一天给严发伟翻几次身。一开始严发伟不喜欢翻身，李银江一动他，他就叫唤。此时严发伟有严重的听力障碍，李银江就用唇语跟他交流，告诉他，翻身有利于康复。为了更好地照顾严发伟，李银江自学了一套按摩术，经常为严发伟按摩，他说，多按摩，活动关节，对肌肉好，也能促进食物消化。严发伟因为生病的原因，神经坏死，造成表情淡漠，但奇怪的是，只要李银江出现，他脸上就会露出笑容，虽然表情有点古怪，但却是发自内心地在笑。严发伟身体脆弱，适宜吃软食，李银江吩咐食堂给他开小灶，煲各种汤给严发伟吃。肉菜水果搭配，保持营养均衡。

"每到饭点，李院长习惯性地将老严的饭菜端到床前，自己先尝一尝冷热，再用勺子送到他嘴边，总要等老严吃好喝好后，他才会放下心来，自己再去吃饭。"多年后，敬老院的纪凤如老人回忆起李银江照顾严发伟的事情这样说道。

"李院长爱干事，心肠好，是个大善人。"院里的老人们提起李银江，都是赞不绝口。

严发伟瘫痪一年后去世，弥留之际，他的手一直紧紧抓着李银江的手，抓了两个小时，直至咽气。

三十多年来，在李银江的帮助下，先后有64名流浪乞讨人员踏上归途，回到亲人身边。

2012年，智力障碍的陈淑英从无锡流浪到桂五，李银江收留她在敬老院住了一个多星期，通过网上发帖联系上了陈淑英的弟弟，把陈淑英接回了老家。

2013年，16岁的残疾人蒋小龙到盱眙找爷爷，不料爷爷随工程队去了陕西。小龙身无分文，流浪到桂五，李银江把小龙接到家里照顾了五天，直到联系上小龙的姑姑，把小龙送回了安徽老家。

"那年有个流浪汉，睡倒在草垛里，几天没吃没喝，村民打电话找到我。我安排他吃的住的，又通过救助站帮忙，把他送回了常州老家。"李银江回忆道。

人性化的救助，营造了文明、和谐的良好社会氛围，受到了救助对象和广大群众的好评，李银江也多次被县委、县政府评为年度工作先进个人。

有些流浪者，因为得到及时的救助，顺利地回到了家，而有些流浪者，因为患有疾病，不幸去世了，去世时仍然不清楚姓名、家属、家庭住址等情况。对于这些无名尸体，李银江总是积极配合当地公安部门进行调查，通知殡葬服务中心接运、保存尸体。对已核实身份的尸体，及时负责通知死者亲属认领；对保存三个月仍无人认领的无名尸体，由公安机关确认已采集无名尸体指纹及 DNA 样本后，李银江带领民政工作人员进行安葬。

截至目前，李银江已经处理了包括方港村、藕塘村在内的四个村居的四名无名去世者。

第六章 活到老是一种幸福

1　衣食无忧的生活

活到老,是一种幸福,随着年龄的增长,可以感受到更加丰富多彩的人生。然而有些人,长寿是长寿了,但在其漫长的生命中,却充满了辛苦和孤独。当然,在桂五镇敬老院里,并不存在这些问题。敬老院里的老人们,从来不用为吃穿住行担忧,这些事情,李银江都打理得有理有条。

空闲的时候,老人们经常在健身器材上锻炼身体。

"每天有鱼有肉,每月领零花钱,住的是套间,有电视有棋牌室,过年过节还发红包……"说到敬老院的生活,老人们一脸的幸福和开心。

高平村的五保老人殷华明,对此更是感受颇深。

殷华明无儿无女,耳朵不好使,与大家难以交流,平时基本上足不出门,不抽烟,不喝酒,不打牌,他的生活起居,一日三餐都由李银江来照顾,所需的生活用品,也是李银江从街上给他捎来,李银江经常大声和他说说话,只要有空,就去房间陪他坐坐,消除他的寂寞,鼓励他经常出门溜达溜达,增强他生活的信心和勇气。

"每个月李院长都给我们每人40元的零花钱，清明节、端午节、中秋节给60元，春节200元，夏季降温费50元，冬季取暖费50元，这些钱我都存了起来，现在差不多有一万元了。"殷华明逢人就说，"多亏了李院长啊，没有他，我真不知道怎么活哩，现在的好日子，离不开李院长的帮助啊。"

与殷华明一样，谢盲也对敬老院充满了感情。

谢盲是老人的名字，也是她的真实状况，从一出生就是个盲人。谢盲结过婚，后来丈夫去世，她便入住了桂五敬老院。

有一天上午，谢老的娘家侄子打电话来，说要把她接回家过节，老人开心得很，想穿得漂漂亮亮地去侄子家，换上新衣服，问敬老院里的周新南老人："我穿得怎么样？好看吗？"

"好看是好看，就是裤子是灰色的，如果穿条花裤子，那就更漂亮了。"周新南说。

"花裤子？我没有花裤子啊。"谢盲闷闷不乐地说。

这时候，李银江正好从旁边经过，听到两人的谈话，立马骑上车子去桂五街买了条花裤子，送给了谢老。老人高兴坏了，赶忙换上新裤子，又问大家怎么样，大家都称赞好看。

"还是'小李子'贴心！"谢老说，"这裤子穿着可舒服啦，料子摸着也舒服。"

从此以后，谢老走到哪儿都夸李银江是老人的贴心人。

2 包容是世上最大的爱

外号"犟驴"的周贤兵老人进敬老院的头半年,让李银江这个从来没被难倒过的人犯了头疼。周贤兵因为长期独居,不懂得如何跟外人打交道,爱认死理,一点不活泛。他对敬老院有个错误的认识,可能因为他是被李银江"上赶子"动员来的,好像他给了李银江面子似的,到了敬老院里就觉得自己该被好好地伺候着。他的理由大概是,我老了,国家包养我,把钱拨给了你们,就是让你们好好照顾我的生活起居的,照顾得好,是你们应该做的,照顾不好,就是你们失职,我可是吃"皇粮"的。敬老院,就该"敬"老,啥叫"敬"? 不就是当成"老爷"伺候着吗?

到了吃饭的时间,周贤兵不去食堂吃饭,而是往相反的方向跑,回自己宿舍,往床上一躺,抱着胳膊,翻着眼睛,盯着天花板。他跟炊事员说,必须把饭端到他床前。如果炊事员不满足他的要求他就犯犟惹事。

有一件事很搞笑,有一回,周贤兵去亲戚家过了几天,回来就伸手向李银江要钱。

"我这几天没在食堂吃饭,你把我的伙食费退给我。"周贤兵理直气壮地说。

"建院这么多年,还是头一回发生这种事。"李银江哭笑不得。

周贤兵经常惹事,对敬老院里的工作人员挑三拣四。李银江没有后悔把周贤兵请进敬老院,更没有发出"请神容易送神难"的哀叹,他用宽广的胸怀包容周贤兵。周贤兵有个头疼脑热的,他主动嘘寒问暖。

有一回,周贤兵突发心脏病,李银江赶紧找车把他送进医院,并全程陪同。周贤兵住院期间,心情特别不好,满脑子都是悲观想法,以为自己快死了,不想吃饭,睡不着觉,整天想着"死"的事情。李银江想尽办法安慰他,并告诉他,已经脱离危险了,以后多加注意就行。"现在医学技术十分发达,这种病早就被攻克了,你听医生的话,按时服药,很快就会好起来的。"李银江虽然忙得要命,但天天挤出时间去医院陪周贤兵聊天,宽慰周贤兵那颗恐惧的心。周贤兵紧绷的神经慢慢开始放松,觉得自己先前真的多虑了,心情一天天地好起来,食量大增,睡得也香。出院以后,周贤兵的性情有所改变,可能是因为经历了"生死劫",也可能是被李银江感化的,反正不再惹事了。

为了让周贤兵彻底转移对自己身体的注意力,拥有良好的情绪,尽快恢复健康,李银江给周贤兵安排了一个差事——当院里的"记分员"。不得不说这个人事安排太合适了。"记分员"就适合周贤兵这种爱较真、"丁是丁卯是卯"的人做。

周贤兵记分公平公正,老人们非常满意。见他能做事,李银江把院里的"民主理财专用章"也交给他保管。院里大大小小的开支,都要经过周贤兵审核、盖章才能报销。忙起来的周贤兵早已将自己的"病"忘到了九霄云外。

"这个是院里的民主理财专用章,院里所有的开支,都要经过我盖章才能报销。"提起自己的权力,周贤兵分外自豪,大红印章,多么神圣的东西,居然归他管。周贤兵告诫自己,一定要对得起这个"宝贝",绝不能把它盖在了错误的地方。周贤兵从年轻时就喜欢听戏,在古人中他最崇拜铁面无私的包公,敢和皇亲国戚硬碰硬。当着记分员又掌握印章的周贤兵,觉得自己终于能和偶像有了一点点相通的地方。

傅伟俭老人有知识分子气息,也有知识分子常见的"毛病":嫌弃有些老人没有良好的卫生习惯、不爱洗澡、随地吐痰、跟人相处没有边界感、打听传播别人的隐私、不知道考虑别人的感受、把电视声音开得很大……总之,他就是不习惯这里的集体生活。

因为不习惯,傅伟俭心里有抵触情绪,说话带着很大的火气,跟吃了炮仗似的。他还索性假装生活不能自理,躺在床上让人喂饭,通过"作"排遣心里的无名火。

傅伟俭的表现,招来了许多闲话,李银江心细如发,善解人意,体谅理解傅伟俭老人的心情。李银江想的是,人和人本来就存在生活习惯、性格品行修养的差异,突然聚到一起生活,难免感到不习惯,这就需要时间磨合,做到理解包容。李银江亲自把饭端到傅伟俭老人床前,一勺勺送到他嘴边,给他端屎端尿,给他洗脸、洗脚、剪指甲。没过多长时间,傅伟俭老人居然"站"了起来。他被李银江的宽容大度弄得不好意思了。傅伟俭想:院长不过就是一份工作而已,人家凭啥捧着惯着咱?咱不能太不自觉了。从此以后,傅伟俭老人开始换个视角看周围的老人,这回居然发现了他们的"可爱"之处,他们勤劳、朴实、善良,拥有一副热心肠。在护理人员爱心和孝心的感召下,老人们也逐渐养成了好的生活习惯。很多老人开始忙小菜园，忙做事赚工分（在桂五镇敬老院里，小到烧水、扫地，大到种田、养鱼，都有工分赚，工分可以换成现金），忙碌的老人没有时间搬弄是非，敬老院里和谐了不少，傅伟俭老人慢慢地找到了家的感觉，身心有了归属感。

傅伟俭老人喜欢写诗，心情好起来的他，又重新拾起了写诗的爱好，他的诗都取材于敬老院生活，充满了积极乐观向上的正能量。《幸福院里幸福多》是其代表作。在敬老院举办的联欢晚会上，傅伟俭满怀激情地朗诵，赢得了一片掌声，可惜诗作现在已经找不到了。傅伟俭是敬老院里首批入住的老人，在敬老院里度过了十三年，去世的时候，李银江亲自为他擦身子、穿寿衣，为他守灵三天。

"牛肉60元一斤，8斤牛肉480元，看着那么小一块，哪像有8斤重？这里面肯定有猫腻，不是卖家扣秤了，就是买家多报了斤两钱数。"五保老人孙波没事儿就爱瞎琢磨敬老院的账本，认为账本有问题，在老人们中间信口开河，散布不实信息，让大家以为自己的"口粮"被克扣了。

老人们大多不识字，也没有耐心去弄清楚事情真相，见他说得有鼻子有眼的，不少老人就信以为真了。

一时间人心浮动，给管理带来了很大的麻烦。

李银江没有生气，也没有解释，他知道有些事情越解释越说不清，最好的解决办法就是用事实说话。他买了笔和本子，交到孙波老人手里，一脸真诚地对他说："叔，您老人家能写会算，以后账本就交给您来记。"

孙波老人认认真真记起账来，买什么菜，价格多少，斤两多少，一天开支多少，他一笔笔记下来。

记了一段时间，和以前的账目一对比，发现没有任何差别。

3 人不是单靠吃米而活着

桂五敬老院有这样一项规定,给院里老人们过80岁、90岁、100岁生日,分别有不同的规格。80岁,办生日宴,给老人发800元红包;90岁,除了办生日宴,给1000元红包,还请老年艺术团来院里唱戏,放烟花,热闹异常;如果老人活到了罕见的100岁,那仪式就异常隆重了,生日宴大办三天,放烟花、听戏曲,发2000元红包。好几位老人都在院里度过了热闹非凡的90岁生日,他们对李银江说,要好好活着,争取过100岁生日,看看100岁生日到底是啥样。

2016年6月12日,是周新南老人的90岁大寿。这一天敬老院里张灯结彩,墙上贴着大红的"寿"字。敬老院里一时鞭炮齐鸣,烟花绽放,锣鼓喧天,接着老年艺术团唱起了一首首好听的戏曲儿:"五福临门""过寿""天女散花""富贵长春"……一派喜庆祥和的气氛。老寿星周新南端坐在高凳上,接受亲友、晚辈的祝贺和叩拜。他左胸挂大红花,垂下的飘带上写着"寿比不老松",饱经沧桑的脸笑成一朵大菊花。司仪念道:

"外甥、外甥女婿前来拜寿！一拜，祝老寿星身体健康、长命百岁；二拜，祝老寿星日月昌明、松鹤长春；三拜，祝老寿星生日快乐、后福无疆。"

"外甥女、外甥媳妇前来拜寿！……"

外甥、外甥女四大家子十八口人专程从南京赶来给老人贺寿。

"外孙前来贺寿！……"

"儿子李银江前来贺寿……"李银江总是把一生无儿无女的五保老人当成父母一样细心照顾、体贴入微，老人们也习惯了把李银江当儿子。

……

"叩头，是农村的最高礼节，大家按照男女、辈分、敬老院管理人员、敬老院老人依次祝贺。院里老人可以鞠躬，也可以叩头，但老人们都争着叩头。"周新南老人回忆起当时的情景，非常开心地说。

周新南十几年前刚来敬老院时，因为突发脑梗不久，生活完全不能自理，李银江每天亲自给他喂饭、擦身、做康复治疗，让老人彻底甩掉了拐杖。想起当年自己连路都不能走，饭都不能自己吃，如今却过到这么大岁数，老人忍不住哈哈大笑。

"陈妈妈"走的时候，李银江在墓地失声痛哭，长跪不起。

"陈妈妈"是五保老人陈广英。她是敬老院里的元老，桂五镇敬老院建院第一天她就住了进来，是"开院七老"之一，和李银江建立了深厚的"母子情"。

陈广英一辈子无儿无女，李银江拿她当亲娘待，每天嘘寒问暖，给她梳头、洗头，给她洗脚、剪趾甲。老人有一点头疼脑热，李银江就坐卧不安，随时问候。卫生室建到敬老院以后，陈广英身子骨不舒服都是李银江亲自驮她去看，老人打吊针，李银江就在旁边守着，喂饭喂水，陪老人说话，消除老人的紧张情绪。病情较重时，李银江一夜不合眼地照顾，生怕老人有什么闪失。老人弥留之际，正赶上李银江事务繁忙，李银江就把老人移到自己办公室，日夜守着。

"她这辈子只有我这个儿子，我要陪她走完最后一分钟。几个月前我觉得她有点不对劲，一天没见我就哭哭啼啼的。"李银江说，只要回想起与"陈妈妈"相处的一幕幕，他就忍不住掉眼泪。李银江说，老人家一天看不到他就心里发慌。有一回李银江去北京开会，老人因为看不到他，到处找，逢人便问："银江呢？银江呢？"他回到敬老院的第一件事，就是奔到陈广英老人身边，拉起她的手，问长问短。老人家看到他，眼神一下子亮了起来，几天来的无精打采一扫而光。老人说："今天的饭我可以多吃几口了。"原来几天见不到李银江，老人吃饭都不香了。

敬老院里的老人都知道，陈广英老人有个习惯，就是把好吃的东西藏起来，一开始大家都不理解，因为他们知道陈广英老人无儿无女，没有后代，好东西藏着留给谁吃呢？直到李银江出现，才解开了谜团。原来那些东西都是给李银江留着的。

那天天气炎热，陈广英老人跑到街上，走很远的路，花5块钱买了一只蛋筒（在农村买蛋筒吃被认为是非常奢侈也是浪费钱的行为，只有不会过日子的熊孩子才会这么做），老人一路上小心翼翼地捧着，穿街过巷，摸摸索索地走到敬老院，捧到埋头办公的李银江面前："银江，天太热，你把它吃了吧，解解暑。我洗过手了，不脏。"李银江一看，蛋筒几乎化没了，只剩下满手巧克力浆和焦黄的一层薄壳。他做梦也没有想到，几天后，陈广英老人竟然撒手西去。每回提到这件事，李银江都会心头一颤，泪如泉涌。

"多好的老人啊！"李银江感慨道。

老人去世后，李银江披麻戴孝为老人家办了一场体面的丧事。

敬老院将五保老人集中在一起供养，让老人们衣食住行无忧，解决了他们的实际困难，但也存在一些问题，有些老人身体不好经常生病，长时间独居容易造成思想顽固、认死理，敬老院的工作常常陷入瓶颈。不过在桂五敬老院，老人们互帮互助，共同生活，幸福无比。老人们之所以能像一家人一样，生活得如此和谐，得益于院长李银江探索出的互助养老新模式。

老人们来到敬老院，身体、精神、劳动等状况有好有坏，李银江在心里琢磨着，除了服务人员的护理之外，让老人们之间互相帮助，岂不是更能让大家感受到"大家庭"的温暖？于是一条互助养老的新路子诞生了。

李银江有意协调安排老人们结对互助，年轻点的照顾年长点的，身体好的照顾身体差的，劳力强的帮助劳力弱的，老人们之间互相照应，彼此协助，共同生活。

谢盲老人眼睛不好，几乎看不见，吃饭的时候，周新南老人主动扶她去餐厅。

周新南年龄大，感冒发烧行动不便，有人倒水递药，解决了他的困难。

"互助，让老伙计们加深了感情，时间久了，大家就像一家人一样。这样的大家庭很温暖。"由于李银江的精心组织，院里多年来形成了老人之间互相照顾的和谐氛围，大家相依相护，和和睦睦。在这个温馨的大家庭里，夕阳之花绽放出更加绚丽的光彩。

大年三十，敬老院里年味浓郁，震耳欲聋的鞭炮声响过后，老人们踩着地面上花花绿绿的纸屑三三两两走进餐厅。今天不比往日，吃的是桌餐。那些行动不便的老人坐在轮椅上被护工推到桌子前。这样的大节，一定要让所有老人聚在一起吃团圆饭，享受到家的温暖，决不能让任何一位老人感受到寂寞的滋味。

菜真丰盛啊：葱油鳊鱼、水煮白虾、蘸酱牛肉、鱼丸汤圆……足足20多个菜，摆满了几大桌子，大家团团围坐，笑语喧腾。

"院里的都是鳏、寡、孤、独的老人，我陪老人吃饭，可以代替他们的子女，让他们多享受一些天伦之乐。"李银江介绍道。

年纪最大的陈克林老人说："我们都老了，也不知道还能吃几次团圆饭，但是在桂五镇敬老院，吃什么都好吃，年过得很幸福！社会主义制度就是好，在共产党的领导下，咱们老有所依，老有所养，真的心满意足了。"

李银江每年都带着爱人韩素珍参加敬老院重要的节日聚餐。有他在，大家才会发自内心地高兴。李银江亲自下厨，包饺子、蒸馒头、做肉饼……看着老人们脸上洋溢的笑容，他并不感到累，而是感到深深的满足。谁说大丈夫一定要经商创业、做高官发大财、纵横天下建伟业？让老年人晚年幸福就是自己的朴素追求。中国60岁及以上老年人口超过了2.3亿，养老是老百姓最关心的事情之一，自己三十多年的孝心坚守，就是为了让老年人有个好晚年。

在外人眼里，敬老院工作难度不大。这真是应了那句"隔行如隔山"的话。要知道乡亲们对敬老院是有"成见"的，几乎没有人想主动去敬老院，只要一进敬老院就会迎来乡邻异样的眼光，虽然是善意的同情，但也让自尊心强的老年人承受不了，宁可在家里孤独苦熬度日如年，也不愿进敬老院。建院以来李银江每年都要进村摸排，看看有哪些老人生活困难，上门做一番思想工作，才能把他们请进敬老院。五保户方立全就是被李银江三番五次上门游说，才进入敬老院的。进来之后，方立全老人大开眼界，直夸敬老院太好了："在家什么事都要自己干，衣服自己洗，寒冬腊月自己上街买菜，买过菜要自己洗，还要切，还要烧，身体不好挂着两个拐杖，容易吗？不容易！到这里一看就不同了，各方面都比家里强太多了。"

人不是光靠吃米活着的，还需要精神生活。李银江深知这一点。敬老院里已经有了棋牌室、阅览室，也有电视机，但农村老年人有深深的电影情结，看电影是他们记忆中最难以忘怀的回忆。

"我要立马增加一间电影院，满足老人对文化娱乐生活的需要。"李银江下定决心说。

茶余饭后，老人们到电影院济济一堂，看着电影，共话家常，享受丰富多彩的精神生活。怀旧的老电影，唤起老人对过去时光的回忆，时尚的新电影，促进老人关心家国时事，拓宽老人的生活视野。空巢老人的孤独寂寞、忧伤悲观的情绪也会烟消云散了。

画面清晰的放映机是耳聋眼花老人的要求，国内没有几家公司拥有这种机型，李银江飞到上海看样机，看过之后非常满意，回到家里，将两万三千余元汇给商家，并请来专业人员安装，还派人到外地学习培训技术。这一年，老人们拥有了属于自己的电影院。

4　最美夕阳红

桂五镇敬老院里的老人们相处得十分融洽，敬老院就像一个大家庭，老人们组成相亲相爱的一家人。能有这样的氛围是十分难得的。老人们本来互不认识，分布在不同村不同组，每个人都形成了自己固定的秉性，长期的独居容易形成偏执孤僻的性格，爱认死理，爱较真，思想比较顽固，聚到一起后如果没有"粘合剂"，很容易形成一盘散沙，不好管理。李银江是有办法的人，他知道人各有所长各有所短，就有意协调安排老人们结对互助，彼此协作，时间一长就形成了你帮我、我帮你的良好风尚。

"互助，让老人们加深了感情，时间久了，大家就像一家人一样。这样的大家庭很温暖。"李银江说。

互助养老的模式还催生出好几对"黄昏恋"，这是李银江当初没想到的。他看到苗头后，索性充当起月老，用红线把他们系在了一起。李银江认为，爱情不是年轻人的专利，大家应该转变观念，对老年人多一些理解和包容。衣食无忧是老人需要的，精神生活、感情生活也是老人们渴望的。李银江平时爱学习，懂的东西多，他说，心理医生认为黄昏恋可以令老年人生活更精彩，身心更健康。临床上的很多案例显示，失偶或离异的老人，如果能找到自己喜欢的伴侣，让爱情滋润心田，可以排解内心的孤独。他引用医生的原话说，婚姻对老年人来说，不仅在生活上可以互相照顾、互相扶持，更重要的是在精神上互相沟通慰藉，让心理达到平衡，精神上可以放松。它能使人愉快地度过幸福的晚年，享受人生的最后阶段。如果老年人长期有孤独感，他们爱与依恋的需求未得到满足的话，老年人的心理健康与平衡也会受到较大的影响，甚至会通过身心病症现象以间接的方式表现出来。

如果没有李银江捅破那层窗户纸，老人们其实是不好意思公开表达恋情的，他们碍于世俗眼光，往往只会悄悄地把情愫埋藏在心底，从而给人生留下遗憾。有不少老人一辈子没结过婚，没有品尝过爱情的甜蜜滋味。当爱情到来时，因为时间不对，他们感觉惶恐不安，怕旁人嘲笑。那种甜蜜中夹杂着惆怅的感觉十分折磨人。好在敬老院的"当家人"李银江明察秋毫，看出端倪，帮他们圆了梦。

"黄昏恋是维护老年人身心健康的有效途径。一方面老年人自己要卸掉从一而终的精神枷锁，另一方面，作为现代人也应该对黄昏恋有个正确的认识。"李银江说。

五保户孙有才性格内向，不善言辞，缺少朋友，但是有力气。刘俊美视力不好，但性格外向，还会唱淮扬小调，闲时喜欢侍弄花花草草，是蛮有生活情趣的老人。李银江安排他们俩结成互助对子。孙有才帮刘俊美打开水，扶她去餐厅，带她去散步，刘俊美陪他聊天解闷，唱歌给他听。刘俊美嗓音轻柔，音质好，一点不像上了年纪的人。孙有才陶醉在刘俊美的歌声里，常常忘记了身在何处。搀扶着刘俊美的胳膊，走在夕阳辉映的池塘边，他会突然产生错觉，觉得很久很久以前他们就在一起了，一起生活，一起干农活。沉浸在遐想中的他久久不作声，刘俊美调皮地问他："老孙头，想啥呢？"孙有才突然红了脸。刘俊美看到一向不苟言笑的孙有才脸红，顿时觉得好玩，逗他道："老孙头，是不是有什么秘密？讲给我听听。"孙有才脸更红了，连连低声道："没有没有……我能有什么秘密？"

"一定有，你不讲，我不理你了。我跟银江说，不要和你结对子。"孙有才一听此言，急了，说话都结巴起来："我——我——真的没有——没有秘密。"刘俊美看他着急的样子，心里高兴，嘴上却说："我现在就去找银江，不和你结对子了。"刘俊美甩开孙有才的手，不要他扶着，那样子像一个赌气任性的小姑娘。孙有才愣在了原地，他一生没谈过恋爱，完全不懂得女人的心思，急得直搓手。刘俊美"扑哧"笑了，不忍心再逗这个木讷的男人。

"你喜欢听我唱歌吗？"刘俊美问道。

"喜欢，喜欢，太喜欢了！"

"我唱歌真的好听？"

"好听，好听，太好听了！"

刘俊美大笑起来，这个不会说话的男人也是蛮有意思的。

"你说说，我唱歌好听在哪里？"

孙有才认真想了一会儿，说："声音好，沙沙的，像含着白砂糖。每一声都落到人心里去，把人心弄得飘飘忽忽的——想到以前，想到小时候，想到妈妈，想到柳笛，想到芦苇在风中飘……"

刘俊美不笑了，她认真地看着眼前的男人，觉得他是懂歌的，觉得他并不像别人说的那样，像块木头。她断定，这是个心思细腻、感情丰富的男人。唉，这样的男人居然一生没有爱情、没有家庭，真是太说不过去了。

看到刘俊美突然变得严肃起来，孙有才慌神了，他害怕自己说错了："我是瞎说的，我不懂歌，你不要介意。"

"老孙，你懂，你很懂呢。"刘俊美换上轻松的表情。这个大男人，像个敏感的孩子。他经常看她的脸色，生怕她不高兴。她心里不禁生出怜惜之情。这回她主动地伸出胳膊，示意他挽着她。他受宠若惊地挽住她。刘俊美望着他嫣然一笑。两人都不再说话。两只胳膊挽得越来越紧。

孙有才慢慢性情开朗起来，嘴角常常翘起来，满脸笑眯眯的，笑一笑十年少，大家都觉得老孙变了。

"哎呀，老孙变年轻啦。"

"老孙遇到喜事啦？"

李银江看出了两位老人的心思，试探起他俩的口风，发现郎有情女有意时，就当起了月老，给他俩牵线搭桥。两人正式领了结婚证，敬老院里张灯结彩，给他们举办了热热闹闹的结婚仪式，摆了几大桌酒席。两人身穿新衣服手牵手走过红地毯，走向他俩布置得焕然一新的喜房。

纪凤如是敬老院里的"老资格"，40多岁时就进入敬老院。这么年轻就进入敬老院，也许是没老婆、没孩子的他一眼看到了自己的归宿，于是在房子面临拆迁时，干脆决定提前迈入"人生的最后阶段"。当他向做动迁工作的同志提出自己的要求时，对方犯难了。

他这年龄离60岁还远着呐，根本不够入院条件。

"现在就想让国家给你养老，也太懒了吧。"工作人员心里想。不管他们如何劝说，纪凤如就是不松口，除了敬老院哪里都不去。工作人员看着老纪固执的样子，感到又好气又好笑："你这么年轻，怎么就想跟一大帮耳聋眼花的老爷老太们在一起呢？"

"人老怎么了？我就喜欢跟年纪大的人在一起说话！"纪凤如说的是实话，在同龄人中他没有朋友，倒是处了几个"忘年交"。究其原因，可能是因为纪凤如没有自己的小家庭，跟同龄人缺乏共同语言，看着人家老婆孩子热炕头，更衬出自己形单影只的孤清，内心排斥和同龄人交往。工作人员都是一帮毛头小伙子，哪里懂得生活不顺的中年人老纪的心思？最后他们只好请来李银江院长做纪凤如的工作，宣讲敬老院的入院资格，好让纪凤如彻底死了进敬老院的心。

李银江看出纪凤如并不像个懒人，因为纪凤如家里和其他光棍汉家里的乱成一团不同，他家里收拾得还算整齐干净。门前有一小块菜地，被纪凤如打理得一片翠绿，青椒、毛豆、莴苣、豆角、茄子……品种还挺丰富。纪凤如身上穿的衣服干干净净的，连一根头发丝都没有。头发也清清爽爽，不油腻，没有头皮屑。纪凤如给李银江留下了好印象。李银江想起敬老院里正缺干活的人手，临时决定满足纪凤如的心愿。

"老纪，"李银江说，"你年纪轻轻，能跑能动，敬老院里可不养你这种人。不过你愿意来院里做事吗？"

纪凤如一听来了劲头，连声说："我愿意做事，愿意做事，你派我啥活我都愿意干，只要有饭吃、有住的地方就行。"李银江说那好，你来吧，给你开工资，你做敬老院里的工作人员。纪凤如喜出望外。他顺利地实现了自己的人生目标，进了向往已久的养老院。

纪凤如因为性格的原因，喜欢过慢节奏的生活，在姑娘眼里这是胸无大志的表现，再加上农村男女比例严重失调，所以纪凤如成为孤家寡人一个。像纪凤如这样的农村光棍汉越来越多，等他们老了，无儿无女的他们都要进入敬老院，国家养老工作可谓任重道远！

李银江很快惊喜地发现，纪凤如老实肯干听话，叫他做什么他就做什么，种菜、跑腿、洗衣、喂饭，啥都愿意干，而且干得好。种的菜长势喜人，跑腿利索，衣服洗得干净，喂饭耐心细致、态度

129

好。行动不能自理的老人喜欢纪凤如给他们喂饭,纪凤如不急不躁的,喂饭喂水不会噎着他们、不会呛着他们。最招老人们喜欢的是,纪凤如喜欢听他们说话,喜欢跟他们唠嗑。老年人最害怕寂寞,最喜欢倾诉,坎坷的经历、多舛的命运到晚年变成了一肚子的话,需要人倾听。再找不到比纪凤如更合格的听众了。没有一丝一毫的敷衍,有的是听得专注的眼神,纪凤如入迷的表情更刺激了老人讲述的欲望。纪凤如像听长篇广播剧一样,时而应和着点头、瞪大眼睛,时而追问下文,时而感叹人物遭遇。在纪凤如的眼里,每个老人都是一部行走的大书。这种认识让他在态度上格外敬重老人,使得他和其他护工截然不同。其他护工出于职业需要,也会善待老人,但纪凤如是发自内心地喜欢,甘之如饴地做护理老人的工作。

纪凤如60周岁那年,成为敬老院的正式"院民",每年享受国家7000元补贴。当晚纪凤如破天荒地抿了几口小酒庆祝。他万万想不到,后面还有更大的喜事在等着他。

俗话说"洞房花烛夜、金榜题名时",对于平凡人来说,前一喜乃人生最大喜。老光棍纪凤如做梦都不敢梦到的喜事儿,居然降临到了他的头上,真比中了100万元彩票还让他高兴。提起这件美事儿,纪凤如对院长李银江充满了感激之情。他说,如果不是李银江院长介绍、促成,他是断不敢有非分之想的。张玉平不是个凡女子啊,不仅聪明能干,承包了敬老院的食堂,还长得挺漂亮的,双眼皮、大眼睛,鼻梁挺挺的,嘴巴红润润的,看一眼就忘不掉。能跟她多说两句话纪凤如就很满足了,哪敢奢望抱得美人归?

纪凤如暗恋张玉平,被眼尖的李银江看出来了。别看李银江既当镇里民政办负责人,又兼敬老院院长,成天忙得脚底生烟,但不妨碍他关注院里每一个老人的情绪、思想、行为。他发现纪凤如比以往更加勤快,主动帮助张玉平择菜、洗菜、切菜、刷盘子、刷碗、洗地拖地……忙活个不停；还发现纪凤如比以前爱打扮了，白衬衫烫得笔挺，蓝裤子有型有款，衬衫的下摆掖在裤子里，整个人显得很精神。纪凤如还赶时髦，穿上了紧身的牛仔长裤，勒得屁股蛋子饱鼓鼓的，透出几分性感。因为常年多跑多动，纪凤如本就显得比其他同龄的孤寡老人年轻有活力。很多老人要么干瘦要么肥胖，纪凤如不胖不瘦，正好。纪凤如每次看张玉平的目光里都藏着深情，这一点也没有逃过李银江的火眼金睛。

李银江决定帮一帮纪凤如。

打听到张玉平是离异的，单身一人过日子，李银江喜不自禁，心想纪凤如的好事来了。这家伙有眼光，也够幸运。一天傍晚，纪凤如正独自散步，心里想着张玉平的音容笑貌，又想到自己和人家差距太大，只怕此生无缘，不禁生出伤感，李银江"嗨"的一声，把他惊醒了。

看着他失魂落魄的样子，李银江差点笑出声来。

"老纪，想不想找个伴？"李银江开门见山。

纪凤如吓了一跳，怀疑李银江会读心术。

"你觉得张玉平怎么样？"李银江笑眯眯地看着纪凤如。

纪凤如紧张得大气都不敢喘。自己以为掩藏得天衣无缝的小心思被人家看穿了，还有比这更尴尬的吗？他又进一步联想到其他方面，是不是大家以为他和张玉平发生了什么见不得人的丑事？如果这样就糟了，自己倒不打紧，可张玉平人家一个女人受得了吗？女人可是把名声看得比性命还重要。

纪凤如想得不无道理，农村人道德包袱重，离异女人本就处在舆论漩涡，为众人注目焦点，有点风吹草动就传得满城风雨。

不久前附近的村庄里还传出过寡妇喝农药自杀的事情，仅仅因为婆婆怀疑她和庄子上一个男人有染。

纪凤如可不想坑了张玉平，只要能远远地看着她就行了。只要每天都能跟她说上几句话就行了，不要再奢望别的了。如果有缘，下辈子年轻时就好好地追她，和她做一对平凡夫妻，生儿育女，种田养鱼。

纪凤如正色道："李院长，我以人格担保，我跟张玉平什么事都没发生。我们是纯洁的。"

他的额头上冒出汗来。

李银江知道纪凤如误解了自己的意思，连忙说道："老纪，我不是那个意思。"

纪凤如不听李银江解释，突然转过身，急匆匆地走了。

逃也似的。

李银江看着他的背影，无奈地苦笑。

纪凤如的反应让李银江认识到欲速则不达的道理。囿于传统思想观念，很多农民精神上背着沉重的旧思想旧观念，束缚了他们的心灵、精神。他们习惯了压抑自己，甚至错误地以为爱情是罪恶，是见不得人的。李银江决定慢慢来，先疏通思想。他利用各种机会讲述找老来伴的好处，并说城里老人早已流行黄昏恋，子女也都支持。

"追求新生活是现在的潮流，我们农民也有追求新生活的权利。两个人互相照顾，你护着我，我护着你，白天有人说话，晚上有人暖脚，多好啊。"李银江说。他还带领大家看了几部反映黄昏恋的电影。

那天晚上，李银江推上自行车正准备回家，突然发现纪凤如站在不远处，有话要跟他说的样子。

"老纪，有事儿？"李银江问道。

纪凤如不好意思起来，终于鼓足勇气开口道："李院长，您上次说给我介绍老伴儿的事儿,可是真的?"

"当然是真的。我啥时候说过假话?"看来这家伙想通了,李银江暗喜。

"不是套我话?"纪凤如又问道。

"你想到哪里去了?现在什么时代了?都进入新社会了。"李银江说。

"我也不怕您笑话,我以前有个亲戚,送了喜欢的女人一个花手帕,就被女的对象诬陷为流氓,羞得喝农药死了,只为了证明自己的清白。"纪凤如说。

"那是以前,搁到现在,只要一天不结婚,大家就可以公平竞争。你想想,如果现在还是以前的旧思想,我让张大爷搀扶李奶奶走路,岂不是怂恿他犯流氓罪吗?"李银江笑道。

"李院长,你真的想把张玉平介绍给我?"纪凤如不太相信。

"是啊,你不愿意啊?"李银江说。

"我,我当然是愿意的,可是人家条件那么好,就怕人家不愿意。"纪凤如有些担心。

"既然你同意了,她那边我来做工作!你就等我的好消息吧。这杯喜酒我是喝定啦。"李银江说。

张玉平对纪凤如有好感。

纪凤如的勤劳、憨厚,张玉平也都看在眼里。

张玉平是离过婚的女人。在农村,离婚依然是不光彩的事情,常被人指指点点,她也不想离婚,可是前夫酗酒、家暴,她实在受不了了。离婚是她主动提的。为了把婚离掉,张玉平脱了一层皮。家里的钱她一分没拿,共同盖的房子也归男方了,张玉平是净身出户。不仅净身出户,还写下一张五万元欠条给男方,否则男人就不离。

133

李银江了解到了张玉平的一些情况，知道张玉平是不抗拒再婚的，毕竟人家年轻，有新思想。如果她是老思想，嫁鸡随鸡嫁狗随狗，从一而终，她就不会先提出离婚了。张玉平的最新情况是，有人给她介绍对象，也有男人追求她，不过张玉平都没有看上，她在等待值得她嫁的男人。前夫性情暴躁，她这回一定得找个温柔的；前夫酗酒，是个不折不扣的酒鬼，这回找的男人一定不能好酒；前夫赌钱，要找的新男人最好不摸牌不打麻将；前夫懒，这回一定得找个勤快的。虽然这些要求都很普通，但实际上找的时候，才发现难上加难。因为具备这些条件的男人都不是单身男士。

李银江摸清情况后，顿时胸有成竹。张玉平要求的男方条件，纪凤如都具备。"踏破铁鞋无觅处，得来全不费功夫。"正好可以用在纪凤如身上。

李银江没费多少口舌就让张玉平接受了纪凤如，纪凤如欣喜若狂，对李银江感激涕零，逢人就说李银江是他的贵人。在《江苏"时代楷模"发布厅》节目里，纪凤如再三表达对李银江的感激之情，说"太感谢李银江院长了"。主持人问他成家以后感觉如何，纪凤如连连说："特别好！特别好！特别好！"主持人打趣道："重要的事情说三遍，特别好特别好特别好！"边说边鼓掌。听众会心地笑了起来。

谢盲老人2006年入住敬老院。

谢盲无儿无女，年纪又大，丈夫去世了，李银江就把她接进了敬老院。她双目几近失明，眼前只能看到微弱的光线，所见之物在她眼中都是模模糊糊的。五保老人周新南虽然比谢盲老人大了10岁，但眼力却很好。李银江安排周新南老人引导谢盲老人走路，领她去食堂吃饭，送她去浴室洗澡。周新南老人有点难为情。李银江说："有啥不好意思的，交给你服侍，我放心。"

因为丈夫去世时间不长，谢盲老人经常一个人在房间里悄悄抹眼泪，夜里也经常失眠。细心的李银江发现这一情况后，对周新南老人说："周大爷，谢奶奶情况特殊，请您多陪陪她，可以带她去街上走走，那里人多热闹，可以转移老人的注意力，排遣一下悲伤情绪。"于是周新南老人经常带谢盲老人出去逛街。他指着街上的各种门店告诉她这个店卖什么那个店卖什么。

"这店里卖老年人衣服，进去看看吧。"周新南拿起一件衣服，在谢盲老人身上比画了一下，说："你穿正合适，好看。买一条。"谢盲老人从口袋里掏钱，周新南老人忙说："不用花你钱，我买，送给你！"

"那怎么好意思，那怎么好意思！"谢盲老人显得手足无措。

"没关系的。"周新南老人笑道。

后来周新南老人只要一上街就买点水果、零食带给谢盲老人吃。一有空闲就陪谢盲老人说话。周新南老人口才好，人幽默风趣，会讲很多笑话。谢盲老人心情渐渐开朗起来，夜里也能睡着觉了。她娘家侄子接她回去过节时，看到谢盲老人良好的精神面貌，感到很吃惊。

在李银江的牵线下，两位老人喜结良缘。

这些年，李银江促成十二对老人喜结良缘。

"老来伴，老来伴，两个孤孤单单的老人走到一起，相依为命，以院为家，对敬老院的管理也帮了大忙。"李银江说。

第七章 创新引领发展

1　院委会制度

建院伊始，李银江就开始琢磨怎么管理敬老院。

问题起先出在"吃"上，负责买菜的炊事员自作主张，想买什么就买什么。"我做什么你们就吃什么。"几乎是所有公共食堂的做法。食客没有选择权，碰到什么吃什么，合意的多吃几口，不合意的少吃几口，或者自己到别处加餐。可是敬老院的老人们是有"个性"的，爱较真，于是各有各的"作"法，有装病卧床的，有扬言告状的。反映到李银江这儿，李银江想，这个好办，征求大家意见呗。他跟炊事员说，吃什么让老人们自己决定。只有七名老人时，这个方法挺好，当人员越来越多时，众口难调的问题就出现了。

不光是"吃"，其他方面，如资金支出、财物保管等等，都有人提意见，李银江就想到了自治的问题。

李银江的灵感来自国家对香港、澳门的管理模式。"港人治港、澳人治澳，咱来个老人治院，让五保老人治理、管理这个敬老院，我只是总体把关，决定权都交给老人，比如财务支出这块，我们有民主理财专用章，周贤兵负责，他盖章就管，我只负责监督。"李银江说。

这个方法后来被盱眙县所有敬老院学习采用,具体做法是:通过民主选举,成立桂五敬老院老人自治委员会,将五保老人和行政后勤人员进行混合编组,每组按卫生包干、伙食采购、财物管理等事项各有分工。政府拨付的养老薪金和社会捐助,交给院委会管理,他们决定钱怎么花,包括吃喝玩乐,也由院委会决定,院委会制定十天(一旬)食谱、十天(一旬)活动计划,挑选老人中年纪小一点的、身体好一点的自己去市场买菜购物,分工委员验收签单后方能记账报销。总之,大事、小事都讲民主,做到公开、公平、透明。

院委会管理职能的健全,不仅解决了管理难的问题,也减轻了养老院行政人员配置的压力。桂五镇敬老院最多时接纳一百多名老人,行政人员却只有七名,两名会计,两名炊事员,两名护工,再加上兼职的院长李银江。护工负责院内大卫生、为老人洗衣等重活,其余事情都在院委会的领导下自我服务。小卫生采取轮流值日制。敬老院一个单元房有四个标间、两个卫生间、一间公用客厅,大家轮流打扫。院委会还别出心裁,建立了"爱心储蓄"制度,哪位老人病了需要护理,身体好点的报名参加服务,两人一组,不仅有补贴,服务时间还记账,等到自己生病需要护理时,"爱心储蓄"免费抵算。献的爱心越多,储蓄值越高,自己生病时得到的照顾越多。这样一来,调动了大家照顾别人的积极性。互相照顾,也增加了老人之间的感情,排遣了老人的寂寞。

一整套完善的管理制度使得桂五镇敬老院三十多年来一直走在全省同行的管理前列,使之成为名副其实的二十四小时全天候开放的免检免查明星单位。院委会制度体现了李银江院长对老人们的充分尊重和信任,对增强凝聚力、促进团结互助、发扬主人翁精神、发挥老人积极性起到重大作用。大家纷纷说:

"我们吃的用的，除了自己种植的，其余都是从大超市买的，新鲜着呐。"

"菜谱每天不重样，每十天吃一次羊肉、两次牛肉，还有猪肉、鱼、鸡——"

"民主决定的事，谁也说不出什么，大家都没意见。"

"敬老院采购涂料、门窗、吊顶、卫生间坐便器，用哪种材料，价格范围什么的，都是院委会研究决定的。敬老院的事就是我们的家务事，我们都有说话权。"

"大家伙可放心了。"

"国家拨的钱花到什么地方去了，民政部门拨的物资怎么分配，在桂五镇敬老院，老人们都像知道自己的事情一样，心里有一本账。""名誉副院长"周贤兵说。这个头衔是老人们给他加的。院里谁不守规矩，都由他处置。他是"老人团头头"。

吃完早饭，行管人员老慕骑来一辆三轮车，五保老人陈老和张老笑嘻嘻地坐上去。他们要去镇上最大的超市采购肉鱼水果。早晨的霞光照射在他们身上，像一幅色彩明丽的乡村水彩画。几位陆续走出餐厅的老人跟他们打招呼："今天中午吃鱼香茄子、酸菜羊肉，对不对？""明天早上吃肉包子、茶叶蛋、红豆粥，我没记错吧？"有的老人记性好，把十天的食谱都背上来了。老慕转过头，甩过来一句玩笑话，几位老人呵呵笑了起来。

敬老院里一片祥和，有的老人去阅览室读书看报，有的去侍弄黄瓜架，有的去池塘边钓鱼，还有几位老人打扑克牌……"颐养天年"，眼前的情景会让你油然想起这个词。

菜买回来了，还带回来一份账单：鸡蛋 7 公斤，每公斤 13 元；猪肉 6 公斤，每公斤 36 元；羊肉 6.5 公斤，每公斤 64 元……账单交到会计手里，验收后贴到了食堂门口的公示栏上，有几个人上前观看，他们不是不相信买菜的人，而是想了解一下市场行情。

"猪肉又涨价了，如果敬老院允许养猪，我想自己养一头。"老蔡咂着嘴巴说。

老赵拍了一下老蔡干巴巴的身板，笑道："就你这把老骨头还想养猪，不怕猪一鼻子拱翻你。哈哈。"

2　生命在于运动

桂五镇敬老院里的老人给人留下一个突出的印象：年轻。

你没看错，就是"年轻"。

这种年轻是从骨子里散发出来的，从灵魂深处涌出来的，是一种心态。它像香气一样，代替了"暮气"和"死气"。它来源于"动"，每个老人都在尽其所能地动，肢体在动，脑子在动，心在动。流水不腐，户枢不蠹，李银江聪明就聪明在懂得生命在于运动的道理，他硬是把一群风烛残年容易躺平的老人带上了"运动场"，让他们忘记了自己的年龄。我们常常惊讶于发达国家的老人60岁开公司，80岁坐飞机满世界飞，90岁开私家车，到了桂五镇敬老院，你也会惊讶于老人们运动着的生命状态。这是一座"活力敬老院"，这是一群"年轻态老人"。生活充实，才能乐以忘忧。桂五镇敬老院的老人大多数都有业余爱好，兴趣广泛，有的爱好是到了敬老院培养起来的。

敬老院里有一个很大的老年活动中心，可以打牌、下棋、打麻将、读书看报、看电影；有一个被李银江命名为"农疗园"的区域，其中有两亩菜地、八点五亩粮田，四亩左右的活水鱼塘，可以种菜种粮、养鱼养虾、栽树养花，全凭自愿。既可以活动筋骨，还可以赚"工分"。通过"农疗园"里的劳作，诞生了好几个万元户。他们吃喝不用自己花钱，赚的外快用来买酒喝，买零食吃，小日子过得美滋滋的。

"农疗园"这个名字起得着实妙，没干活的时候，老人们不是这儿疼，就是那儿痒，经常感冒、腹泻、肚子痛，睡眠质量也不好，有了这个"农疗园"以后，老人们忙着浇水、施肥、除虫、除草，啥毛病都没了。身体越来越好，精神越来越足。

"我们一辈子生活在农村，闲不住，现在干点活，身体得到活动，还吃上了放心的绿色食品，实现了自给自足，吃不完的，就送给村里那些困难户家庭，感觉自己这把老骨头对社会还有点用，还能散发点余热。"一位五保老人笑着向参观的人介绍。他看看手里握着的一把青青的蒜苗，说："今天中午可以吃上蒜苗炒肉了。哈哈哈。"

以"农疗园"养院，大大提高了敬老院老人们的生活水平。

沈连太老人年近七十了，但从他走路呼呼带风的样子，一点看不出他的实际年龄。老秦屋里的保险丝坏了，打电话给沈连太，沈连太一路小跑，从仓库里拿来新的保险丝，三下五除二，动作十分麻利地换好了。老张宿舍的水龙头不知道怎么回事，滴答滴答整夜滴水，天一亮，老张找到沈连太，沈连太拿着钳子，一会儿就修好了。沈连太是敬老院里的义务水电工。换保险丝、修水龙头，这些小毛病他都能搞定，以前他从来没学过，自己也没想到，人老了，进了敬老院，还学到了新本领。

可以说，沈连太的新本领是"看"来的。

每次水电技术人员来敬老院修理水电问题，沈连太都跟在后面打下手，帮递工具。人家走了，他打扫战场，把没用完的材料送进仓库。他是个有心人，人家专注地修理，他专注地看，边看边用心记，时不时地点点头，嘴里发出"哦哦"声。次数一多，聪明的他居然看出了门道，从一个完全不懂的门外汉看成了内行。那天老王屋里的灯不亮了，行管人员正要打电话给水电工，沈连太在旁边小声地说："你先别打，我来试试。"

行管人员诧异地看着他，不敢相信自己的耳朵，以为自己听错了。老王也不相信，说："沈连太，你捣啥乱？"在大家的眼里，当时刚六十出头的沈连太就是敬老院里的"小年轻"，大家跟他说话口气很随便。沈连太心里有点发虚，但手痒，就想试试。

沈连太站到高凳上，有模有样地检查了一番，心里有了底，确信自己能搞定。有了底气，说话声音也大了："小毛病，就是保险丝坏了。"他一溜烟地跑去仓库，拿来一截新保险丝，很快就换好了。他叫老王重新按开关，电灯瞬间亮了。看到几位老人佩服的眼光，沈连太兴奋得老脸通红。从此他就成了敬老院里的"义务水电工"，这让他找到了自己存在的价值，找到了久违的被别人需要的感觉。他的心态变得更加年轻，脚步也更加轻快，完全没有老年人的感觉。

戚叶氏是敬老院里少见的时髦女子，九十多岁高龄的她，穿一身得体的唐装。朱红色唐装配上满头白雪似的头发，色调和谐，气质高雅。她出身山东大户人家，小时候学过女工，会纳鞋垫，能在鞋垫上绣各种图案，花卉、动物、人物等，她把绣好的鞋垫送给敬老院里的其他老人，大家见绣工精湛，图案精美，都爱不释手，舍不得用来垫鞋。

戚叶氏无儿无女，1995年丈夫去世后就来到桂五镇敬老院养老。

她很喜欢这里的环境，幽雅安静，有各种花草植物，房间明亮宽敞整洁，大家相处得也融洽，像亲人一样。戚叶氏喜欢边晒太阳边纳鞋垫。鞋垫上绣的不仅是美丽的图案，也是她对生活的热爱。她的视力好得出奇，这样的高龄还能穿针引线，动作如行云流水。

"老太太，您想家吗？想回到山东老家吗？"问的人想的是中国传统的叶落归根。

"我哪儿都不去，就在这里终老。李院长对我很好，嘘寒问暖的，亲儿子又能做到怎样？"戚叶氏说。

3 探索市场化养老之路

2014年12月20日,李银江整合敬老院资源,在全县首家挂牌成立农村区域性养老服务中心。李银江向大家介绍说,就是开门办院,把多余的床位向社会开放,让那些空巢留守老人到我们敬老院养老,解决他们生活上的难题。

"我带着我的团队,代替这些子女为老人尽孝,让他们安心地在外边工作赚钱,给敬老院增加了人气,给乡村敬老院发展带来了生机。"李银江说,这是他学习香港经验的一个成果。

这一年的9月,江苏省民政厅安排李银江到香港考察敬老院,考察结束后,李银江琢磨起了探索市场化养老之路。

据亚太日报2016年的报道,政府统计处数据显示,香港现有65岁及以上老者约120万,占总人口的14%。2066年,老人预计将达到260万,意味着届时每三个香港人中就有一位老者。那些古旧的街道上,随处可以看到老年人拄着拐杖或者坐着轮椅。社会需求催生了大大小小或公立或私立的养老机构。香港年龄达65岁以上的老者,通过特区政府"安老服务统一评估机制",每个月只需支付

1506至2000元港元的护理费，就可以住政府指定的养老院社。但因为申请的人数众多，床位供不应求，排队时间通常需要三年左右，因此很多老者转而选择私营安老院，而经营上自负盈亏的私营安老院社，每个月收费5000至20000港元不等。入住的老者大部分为独居老人，也有的因为儿女工作较忙，委托养老院照顾的。还有一部分老人只是把养老院当成临时驿站，身体调理好就离开了，来去自由。值得一提的是，香港养老院对护工要求很高，并且把这些要求写进了法律条文。按照香港法律规定，护工必须是社会福利署注册的护士、保健员和护理员，他们每天的工作细碎而烦琐，不仅要照顾老人的饮食起居，还得处理简单的医药护理。

牌子挂出去了，对于能不能收到社会老人，李银江心里并没有底，他知道中国人"养儿防老"的传统观念根深蒂固。老人生病了老了，孩子不照顾会遭人议论，甚至会被骂为不孝子孙。牌子一挂出去，李银江就通过各种媒介进行宣传。第五天有人找上门了。一位老太太骨折，儿女有的做生意，有的在工厂上班，都很忙，没有时间照顾老人。老人胳膊不能抬，手不能举，吃饭需要人喂，上厕所解不开裤带。这种情况算是比较严重的，按理说护理费可以收高一点，但李银江不这么想，他认为当前最重要的是把"区域性养老服务中心"的牌子挂到当地人的心里去，而不是停留在大门上。只挂在大门上是没有意义的，深入人心才重要。赚不赚钱的还不要紧，先把名声打出来才是最重要的。

李银江的目光总是这么长远。

敬老院每个月只收老人家属600元钱，这个钱比请保姆低了太多了。

"我们给她喂饭，伺候她洗澡，每个月600元钱，三个月后，老太太病好了，回家了。我们一分钱没赚，等于提供了义务服务，当了一回志愿者。"李银江笑着说。李银江是个爱笑的人，说话总是带着微微的笑意，像春日的暖阳，不强烈却让人格外舒服。

　　一个年轻人在上海工作，有着不错的收入，经常叮嘱家里老人要吃好，不要舍不得花钱，所以他家生活条件好，几乎顿顿吃肉。时间长了吃出事儿来了。老父亲三天两头便秘，上厕所成了最痛苦的事。老人进了卫生间，少则待半个多小时，长则一个小时，老脸憋得通红，按揉虎口和咬牙都不起作用，至多放出几个屁。便秘放的屁奇臭无比，搞得卫生间里臭烘烘的，半天散不干净，马桶老被他占用着，也影响了家人使用。听说敬老院接收社会老人，家人联系了李银江。生活经验丰富的李银江一听就明白了是怎么回事，胸有成竹地说："把老人家送来吧，保证调理得好好的。一个月1300元。"家人并不嫌贵，立马把老人送了进来。

　　李银江找到一个较年轻、有力气的五保老人，说："一个月给你开800元钱护理费，你来把他照顾好！"

　　五保老人很乐意地接受了这一笔活儿，反正闲着也是闲着，再说人家能走能动的，照顾起来也不难。

　　李银江向五保老人传授了护理便秘老人的"秘诀"，五保老人听了心领神会地一笑："这简单啊！"他到集市上买了五十斤山芋，顿顿烧玉米面山芋粥，配上一盘绿油油的猪油炒小青菜。连吃了一个星期，老人便秘完全消失了，一下子变得全身通泰，气色也好看了不少。要知道便秘一天相当于抽三包烟啊，现在"烟色"全无，只剩下红润了。

　　孩子来接老人回家时，老人乐呵呵地骂道："你就不孝顺，在家里给我吃的什么东西，让我拉不出来？我不回去了，你自己回去吧，我就在这里住下来了。"孩子听了瞠目结舌，有儿有女的，住在敬老院里，他们做小辈的还不被左邻右舍亲戚朋友骂死啊？

"爸，不行啊，别人唾沫星子会把我们淹死的。"

"我不管这个，我都这么大岁数了，想怎么过就怎么过！"老人任性起来跟小孩子没什么两样。

这段时间，老人已经暗地里对敬老院做了细致的考察。敬老院生活环境好，绿植随处可见，空气质量新鲜。有鱼塘可以钓鱼，有健身房锻炼身体，有棋牌室下棋打牌，有阅览室读书看报，基础设施配套齐全，光男女浴室就五间，足足有一百二十平米。院长李银江没有一点官架子，把"全心全意为老人服务的思想"、把"百善孝为先"的中华传统美德发扬光大，把他自己当作老人的儿子，像孝敬父母长辈一样对待院里的老人。敬老院完全不是世人想象中的"凄惨"，反而处处充满了欢乐，充满了活力和生机。院里的老人整天乐呵呵的，脸上都洋溢着开心的笑。伙食出乎意料地好，比很多当地老百姓家的生活条件还好，不仅有鱼有肉，还讲究荤素搭配，汤粥搭配。

他把自己的考察结果一条条讲给孩子听，并质问孩子："你还有什么不放心的？"孩子竟无法反驳，沉吟了一会儿，又跑到一边打电话征求其他家人的意见，最后经过反复商议，一致同意了老人的要求。

这位老人成了"区域性养老服务中心"接收的第一位长期托管的社会老人，虽然有儿有女，生活幸福，但心甘情愿住在了敬老院里。

截至目前，桂五镇敬老院已经敞开大门接纳了近百名社会老人，他们中有的是因为孩子长年工作在外，没法回家照顾老人，有的子女虽然就在身边，但是太忙，腾不出时间和精力照顾老人。养老服务中心解决了空巢、留守老人的养老之忧。

刚开始的时候，敬老院对社会老人的收费标准并不固定，而是采取了灵活的方式。依据经济条件的好坏和老人的身体状况来确定收多少护理费。有钱的人家多收点，钱少的人家少收点。这样做的好处是，可以让那些经济困窘的家庭享受到和富有家庭一样的养老待遇，颇有些"劫富济贫"的意味。李银江说："这就是古话说的'穷人吃药，富人拿钱'，听上去可能让人觉得不公平，但从某种意义上说，这种做法实现了养老待遇的平等。"

如今社会老人的收费标准分为每月600元和850元两类，都涵盖一日三餐及住宿。其中，600元的收费对象是行动方便的老人，850元的收费对象则是行动不便的老人，多出来的250元主要用于支付护工工资。这里的护工不仅包括敬老院的专职护工，也包括兼职护工。有能力的五保老人为了赚钱，摇身一变成为护工，劳动积极性被充分调动起来，有时还会出现"僧多粥少"大家抢着照顾社会老人的局面。遇到这种情况就排班照顾，几个人轮流伺候一名老人。被照顾的老人在自己家里哪里能够享受到这般待遇？在家里面对忙忙碌碌的孩子，只觉得自己是累赘是负担，在这里却成了"香饽饽"，大家争相照顾，一个比一个细心，一个比一个热情，一个比一个周到体贴。

九十岁的马玉兰奶奶之前在四个儿女家轮流住，一家一个月。家庭条件都不错，但马奶奶就是不舒心，整天眉头不展。孩子们不理解马奶奶吃得好穿得好为什么不快乐。突然有一天，马奶奶召集几个子女开家庭会议，向子女们提出，自己要去敬老院里养老。孩子们都愣住了，你看看我，我看看你，最后一齐看向马奶奶，不明白马奶奶何出此言。

大儿子说："妈，是我们哪里做得不好吗？"

二儿子说："妈，我们做得不对的地方，您老人家指出来，我们改还不行吗？"

大女儿半开玩笑地说:"妈,常言道,女儿是妈妈的贴心小棉袄,是不是我这个'小棉袄'不够暖和啊?"

小女儿说:"妈,如果几家轮住让您心理上感觉不舒服,那以后您老人家就固定住在我家。我保证让您吃好穿好。"

马奶奶叹口气,说:"孩子们,你们做得都很好,都很孝顺,问题不在你们身上,是妈自己的原因。"看到孩子们露出疑惑的眼神,马奶奶说:"你们各忙各的事,成天不沾家,每天只有我一个人待在家里。我想出去溜达,你们又不放心,怕我迷路。唉,人老了记性差,出门犯迷糊。哪儿都去不了,身边又没个人说话。我这样子和蹲牢房有什么区别?你们叫我看电视,那电视上的人能跟真人比吗?只能我听他们说,他们能听我说吗?听着他们说得热热闹闹的,我心里更难受。年纪大了哪里还在乎吃喝,只想身边能有人说句话拉拉呱。一天不吃东西都觉不出饿,一天没人说话就觉得心里空空荡荡的,感觉自己在一个荒岛上。"

四个孩子听完母亲的话,一时说不出话,过了一会儿,商讨起对策来。以前他们从来没有想到老年人有诉说的需要,有交流的需要,在他们看来,谁不在为一张嘴忙碌?人生在世吃穿二事,哪里还会想到说话也是必不可少的大事,决定人心情的好坏?商讨来商讨去,也没个结果。因为大家都得忙工作,不忙工作就失去了经济来源。

马奶奶说:"你们也不要讨论了,你们不会放弃工作,我也不会同意你们放弃工作,就按照我一开始说的办,去敬老院!"

事情就这么定下来了。马奶奶住进了敬老院。李银江安排马奶奶和另一位老太太同住一间房。两位老人一见如故,一见面就攀谈开了,有说有笑的。两人每天一起看电视,一起散步,一起去餐厅吃饭,形影不离,就像一对亲姐妹。

"我们这叫自得其乐，不影响孩子们的生活，他们有他们的活法，我们有我们的活法，互不掺和。我也不给他们增加负担，我自己的工资就够支付护理费的，还用不完呢。没有我拖累，他们过得更轻松。"马奶奶满面笑容地说，"我跟儿子、女儿都说了，叫他们放心，我在这里开心啊，有这么多老伙计，还有小李照顾我，我能活到100岁！"

马奶奶嘴里的"小李"，就是院长李银江，马奶奶一口一个"小李"叫得热乎，那口气亲切得就像叫自己的亲人。

"今天午饭是紫菜汤，红烧狮子头，西红柿炒鸡蛋。"马奶奶一边吃一边说，"敬老院里的饭菜，吃着都比家里的香呢。"

4 把"医院"建到敬老院

  2013年10月1日,全国人民沉浸在欢庆节日的气氛里。朋友圈里晒的都是游山玩水的画面,旅行出游的人把高速路堵成了停车场。

  韩素珍早就盼望着国庆节假期能和丈夫一起出去旅游了,一个星期前,她试探地问李银江:"这个假日陪我出去玩玩吧,你也顺便放松放松,钢铁做的机器还得保养呢,何况是血肉之躯?"

  韩素珍心疼工作永不停歇的丈夫,哪怕能让他停下来休息一天也是好的。乡镇民政工作线长面广,任务繁重,救灾救济、优待抚恤、五保供养等方面都要管,每一项工作都关系到基层群众特别是困难群体的切身利益,关系到党和政府的形象,可谓责任重大,李银江又身兼敬老院院长,工作更是烦琐复杂。她是深明大义的人,理解丈夫工作的不易,为了支持丈夫做好工作,让他没有后顾之忧,她主动包揽了家里的大小事务,虽然劳累,但从无怨言。每逢佳节看别人家成双成对出去旅游,喜气洋洋发朋友圈,她心底暗生羡慕,但想到丈夫的工作性质,她把渴望藏到了心里。

"就这一次，好不好？"结婚这么多年，如今孙女都有了，韩素珍好像是头一回向丈夫提出如此奢侈的请求。她一个人不是不能出去旅游，儿子也常常邀请她一道出去玩，可是她觉得如果没有李银江在场，再美的风景都会失色的。

李银江不知道怎么回答妻子，他是个很会说话的人，群众思想工作做得溜，可是在妻子面前，内心愧疚的他不知道说什么好。世上最亲的难道不是面前这个天天陪着他的人吗？从如花少女到皱纹慢慢爬上脸，可是他给了她什么？他兑现了当初娶她时许下的诺言了吗？"我会让你过上好日子，我会一辈子对你好！别的女人有的，我都会给你。"言犹在耳，但李银江连平凡夫妻夕阳下的携手散步、影院里的一场观影都不能给她，更别提去全国各地游览了。

李银江默默拉起妻子那双不再柔软细腻、布满老茧的粗糙的手，正是这双手操持所有枯燥单调的琐事，给了他一个稳定、祥和、温暖的家。这样的家是他力量的源泉，使他有了爱他人的能力。家和万事兴，家和精神爽，不然他何以能有满腔的热情和饱满的爱心扑在工作上、付诸给孤残人士？

李银江何尝不想陪妻子来一场说走就走的旅行？世界那么大，他也想去看看。可是现实不允许啊。他离开了，那些老人怎么办？他们无儿无女，孤苦寂寞了一辈子，是他用赤诚火热的情温暖了他们原本苦涩冰凉的心。老人们把他当成亲儿子，一天看不到他就心里发慌，嘴里念叨着。

李银江听到妻子轻轻的叹气声。知夫莫若妻，她已经从他的表情里找到了答案。他怎么可能离开老人那么久？那群孤老是他永远的牵挂，他担心他们一日三餐能吃好吗，米饭夹生了没，菜里的盐放多了没，夜里着凉没……别看他这会儿人在家，心却还被老人们牵着，仿佛家是他的旅馆，敬老院才是他心里真正意义上的家！

"素珍，"李银江一脸愧色地说，"对不起啊，为夫实在是没有办法啊。古人云，父母在不远游，虽然我和老人们没有血缘关系，但心理上他们都把我当成了儿子，我也把他们当成了父母！难以割舍的情感，让我放心不下他们。素珍，等退休了我再补偿你，好吧？到那时咱俩天天游山玩水，赏尽天下美景，尝尽天下美食。"说着说着，他的脸上浮现出微笑，好像他已经看到那一幕了。

韩素珍轻轻别过头，她不想让丈夫看到她湿润了的眼眶。

李银江自己都没想到，四年后他退休时，才发现自己已经离不开敬老院了，他的血脉已深深融进那个地方，他的根须已牢牢扎进群众的"沃土"。三十多年的点点滴滴，怎么能说放下就放下？心里沉淀的真情，像山一般厚重，让他如何说再见？

国庆节李银江跟往年一样在敬老院里度过的。敬老院里节日气氛很浓，县里的志愿者来给老人们理发、洗衣服、喂饭，还表演了节目，老人们很开心。

晚上，李银江照例睡得很晚，他巡房查看，及时解决老人之需。帮有慢性病的老人按摩肩背、腰腿，陪有心理疾患的老人说话。因为一生坎坷不顺，五保老人中有不少人性情孤僻，不合群，有的患有较严重的神经官能症和老年痴呆症。

张大爷进院之前长期失眠，作息没有规律，凌晨三点以后才能睡着，还好说梦话。李银江采用两种办法，双管齐下，让厨房每天给张大爷熬酸枣仁水，每晚睡觉前一小时，亲自盯着张大爷把满满一碗喝下去。为什么要亲自盯呢？因为这类患者常常有疑心病，不相信自己的病能医好，也不相信别人，性情又多固执，要搞定患者，先得要让患者信任自己，然后亲自看着他喝下去。为了取得患者的信任，李银江从网上搜了一大堆资料，打印下来，读给张大爷听。就是这样，第一次喂他喝时，张大爷瞪着黑乎乎的汁水，突然冒出一句"不会下毒了吧",把李银江气笑了。一边喂他喝中药,一边陪他聊天,张大爷紧绷的神经慢慢放松下来,渐渐进入了梦乡。第一次喝药,张大爷十一点就睡着了,一觉睡到五点半,神清气爽,六点钟顺利吃了早饭。敬老院因为服务对象特殊,早上六点就吃早餐了。张大爷感慨地说:"终于吃上早饭了,都不记得多少年没吃过早饭了!"

李老太有老年痴呆症,记性差,乱藏东西,经常找不到自己的衣服,穿袜子一只脚一个样,老怀疑别人偷她的东西,刚吃过饭就说没吃,骂护工,不洗澡,只洗脚,夜里不睡觉,嘴里叨咕陈芝麻烂谷子,经常半夜哭娘,声音凄切,病情严重时大小便失禁,一个护工根本吃不消,李银江安排几个护工轮流照顾她,有的护工被难为得直哭,都想辞职不干了。李银江耐心地劝解:"把她当成自己亲生母亲吧,这种老人往往平生遭罪多,心里压抑,将心比心,尽最大努力照护好,再说善待老人也是给自己积功德。"与此同时,李银江亲自照料李老太,陪她聊天,软言安慰,平复情绪,端屎端尿。李老太越来越依赖李银江,到后来李老太只认得李银江。

看到所有老人都安顿好了,李银江这才回家休息,十二点二十了,一身疲惫的他,头沾着枕头就睡着了。

凌晨三点钟,电话铃声大作。长期和老人打交道,李银江早就形成了条件反射,只要铃声在不该响的时候响,大半是出事了,他就不由自主地心惊肉跳。这些铃声也影响了全家人的休息,好在家人都理解包容,没人抱怨,也没人要求他关机。没有手机的时代,半夜里家里座机响,连左邻右舍都会被吵醒。李银江怕酣睡中的自己听不到铃声,并不敢把声音调小。

不用说,肯定是敬老院里打来的,原来是五保老人张树仁突然肚子疼，打电话的人说："疼得很厉害，腰都直不起来，您赶紧过来看一下吧。"李银江急忙赶到敬老院，看到张树仁在床上缩成一团，浑身的冷汗把贴身衣服都汗湿了。张树仁听到李银江的声音，微微睁开眼，想说什么，李银江朝他摆摆手："挺住！张大爷，我这就找医生给您看。"他立即拨打桂五医院急救电话。

医生检查一番，皱着眉头说："情况比较严重，不是普通的腹痛，我们医院条件不好，抓紧送县医院吧。"

此时张树仁已处于半昏迷状态。

到县医院时已经快五点了，做CT发现是胃穿孔，创面较大，胃里内容物大量进入了腹腔，情况很严重，得立即做手术。医生讲得很吓人，创面修补、腹腔清洗、腹腔引流，手术时间会很长，可能引起的并发症多，但是不做手术人随时有生命危险。

"救命要紧！"李银江面色凝重，"请医生赶快给老人家动手术吧。我签字！"李银江深知此时签字的利害关系，但他顾不了那么多了。自己曾答应做老人们的儿子，现在就是履行儿子责任的时候，责无旁贷！李银江知道手术知情同意书和麻醉知情同意书上的每一个并发症和不良反应都是确确实实发生过的，每一句话后面都是鲜血淋漓的生命惨景，但还是毫不犹豫地签了字。

手术整整做了七个多小时，从凌晨五点一直持续到中午十二点多。李银江一直等候在手术室外，粒米未进，一口水未喝。他的神经一直绷着，虽然看不见手术室里的情形，但他的脑子里全是血淋淋的画面，他的心紧紧揪着，早已忘记了时间，也感觉不到双腿长时间站立导致的酸痛。此时此刻的他完全沉浸在"儿子"的角色里。可能失去亲人的恐惧攫住了他的心，有一阵子，他紧张得喘不过气来，胸部剧烈地起伏着。

手术室门打开的一瞬间，李银江一眼看到了还处于麻醉状态的张树仁。张树仁双眼紧闭躺在担架床上，被医护人员直接推进了重症监护室。这意味着病人尚未脱离危险。术后三天，张树仁离开了人世。

2015年2月14日，《光明日报》"行进中国·精彩故事"栏目在一篇题为《一位敬老院院长的孝与忠》的文章中如实再现了殡仪馆中令人心碎的一幕：

"殡仪现场通知'张树仁家属'时，李银江站起来，接过骨灰盒，手不住地颤抖，泪水奔涌而出：'如果早些发现就好了……'这件事深深刺痛了李银江。从此，这位汉子更加留心，询问每个老人的排便情况，关心老人的饭量，定期为老人体检。"

为了防微杜渐，李银江一方面平时注意学习一些基本的医疗卫生知识，包括日常急救小常识，另一方面定期为老人们体检。如果他发现老人身体不舒服，肚子疼、恶心、呕吐、反酸、腹泻、头疼、头晕、食欲不振等症状，就格外地上心，带老人看医生，亲自陪护，给老人端茶倒水，喂药喂饭，擦拭身体，病房里的其他病人及其家属常常以为，李银江是老人的亲儿子，直夸老人"真有福气，有这么孝顺的儿子"。

在一个飘雪的深冬，五保老人邵永林突发肺心病，气喘得厉害。李银江意识到情况紧急，必须立即把老人送进医院抢救。地面上积雪太厚，足足有半米多深，救护车根本无法出诊，时间不等人，邵永林此时出现言语障碍、身体抽搐等症状。李银江赶紧和工作人员一道抬着邵永林往医院赶，每走一步脚就陷进厚厚的雪里，雪粒从裤管口钻进去，被体温融化，棉靴湿了，裤子也洇湿了半截，贴身的棉衬衫和毛线衣都被汗水浸湿了。整整走了四里路，到医院时，邵永林老人已经处在昏迷状态。医生说："再晚来一步，人就没了。"

159

"这件事对我刺激很大,勾起了我早就藏在心里的一个大胆设想:如果敬老院有一个医院就好了!之所以敢这么想,完全出于对老年特殊群体的身体状况的考虑。敬老院里老人平均年龄八十多岁,头疼脑热、肠胃不适等时有发生,急发情况也较多,生命与时间赛跑,有时就那么微不足道的半小时一小时,就可以决定一个人是活着还是死去。从经济和精力角度考虑,也需要这样一个为老人服务的地方。敬老院里当时有五名护工,老人生病,因为敬老院里没有医疗机构,只能去镇医院和县医院就诊,要派遣护工陪护,来来回回都要花销,特别是敬老院加挂区域性养老中心后,二十三位社会老人的看病问题非常突出。"李银江说。

"送老人去医院,敬老院都会叫医院救护车接送,镇医院来一趟车费要100元,县医院来一趟车费要400元。老人住院,护理费20元/天,床位费28元/天,餐费20元/天,住院门槛费400元。老年病治疗一个疗程大约十天,加上医药费,每天花费100多元,住一次院要花费超过1500元。尽管现在医院对敬老院有优惠,对五保老人救护车费和门槛费用进行免除,但二十三位社会老人的花费还是很大的,老人家属意见也很大。自从2018年10月12日敬老院引进桂五镇高庙村卫生室后,老人看病成本骤减三分之二,老人们都很高兴。九十多岁的陈奶奶感冒,敬老院每天把陈奶奶送到卫生室输液,输完液接老人回房间,四天病就好了,一共花了208元。到医院去治疗保守地算,老人一天都要花费150元,往往需要一个星期,现在在卫生室,每天才花费52元。老人吃住在敬老院,我们还能护理得更好,根据老人病情加病号餐。这种小病老人其实是不愿意去医院的。现在卫生室成了敬老院的新名片。社会上老人子女更愿意把老人送到敬老院里来护理,首先住院费就省掉了。不需要住医院,就住在养老院里,有护工来照料。"李银江给大家算了一笔账。

"医院"设在敬老院临街门面房里,两层,三百二十平米,正门对社会开放,后门直通敬老院内。五位医生,二十四小时接诊,极大地方便了周围群众和敬老院里的老人。为了让"医院"有新气象,县卫生局投入了28万元对房屋进行装修,桂五镇政府全程监督施工、验收等环节,为质量加了一道保险。

第八章 举头三尺有神明

1 低保制度不能破

李银江不仅是敬老院院长，还是桂五镇民政办负责人，多年来经他办理的低保，在群众中从来没有产生过异议。在工作中李银江心中铭记八个大字：以人为本，求真务实。

"低保是政府为维持和保障困难群众最低生活水平而建立的一项救济制度，是困难家庭的救命钱，不是干部优亲厚友的'人情款'，也不是人人争而食之的唐僧肉。"李银江说。

在工作中，李银江始终做到"三查三问"。"三查"即：查看公示名单与上报名单是否相符，查看家庭人口是否真实，查看举报电话是否公开；"三问"即：问村里群众对公示名单有无异议，问村里是否还有更困难的群众未列入公示对象，问公示名单中有无乡村干部亲属不符合低保条件而享受低保待遇的。通过这一举措，杜绝了"人情保""关系保""错保漏保"现象发生，切实保障和维护了困难群众的根本利益。

"做民政工作这么多年，已记不清接到过多少关照电话、关照纸条了，我不管对方是什么来头，一律一视同仁。跟人家讲清楚政策，最后大家都会理解的。"李银江说。

工作这么多年，李银江从来没有休息过，都是在忙碌着，都是在学习读书。李银江说："在农村办事，你一定要懂得多，讲得过人家，人家才服你。怎么讲？就是按照政策讲，按照规章条例讲。"

"2009年3月份，本镇居民史硕宏走进我的办公室，手里拿着县领导的'条子'，条子上要求镇民政办为史硕宏户办理低保。他家的情况我很清楚，史硕宏本人以前在兽医站工作，兽医站改制后他自己出来单干，生活水平明显高于农村一般家庭，属于中等偏上。我没有给他办理低保。试想如果给他家办了低保，会造成什么影响？周边群众会怎么看？以后还怎么取信于民？为了说服他，我把规章条例一条条讲给他听，他听完以后心服口服，再也没有找过我。"李银江讲述了这样一件事。

"您这样做就不怕得罪领导吗？"有人问道。

面对这样的问题，李银江呵呵一笑，说道："能当领导，那肚量就不是一般的大，说出来你可能不相信，我不仅没有遭到批评，还获得了领导的表扬。领导在全县双拥工作会上当面表扬了我，夸咱是秉公办事、无畏压力的好干部。"

2013年2月，62岁的退伍老兵束某某给自己当兵时的"老团长"、时任某军区副司令员写了一封信，信写得字字血泪，句句悲情。原来，束某某的儿子因患重病于不久前去世。"老团长"非常同情自己的老部下"白发人送黑发人"的悲惨遭遇，担心束某某老来无靠，无人为其养老，为了让他老有所依，就以军区的名义发了一封公函给盱眙县政府，希望当地政府为束某某家办理农村低保。县政府非常重视这件事，当即批示县民政部门核实情况。

2月16日早上，县民政局一行人带着领导批示来到桂五镇。李银江告诉他们：束某某家不符合办理低保条件，不能办理。

"束某某在部队汽车运输团当过兵，素质很高，转业后在家乡开办了一家汽车修理厂，十几年下来积攒了一大笔财富，在镇上购置了三层门面房，一共十五间，家里有四辆车，一辆是豪华私家车，另外三辆是大汽车，他们家是当地数一数二的富裕家庭。"李银江说。

县民政局同行深知李银江工作作风严谨、处事稳妥，放心地回去了。

当天下午，李银江骑上自行车，来到束某某的汽车修理厂。束某某正在修车，手上戴的白手套早被机油染成了黑色。李银江吃惊地发现，几个月不见，束某某已经苍老得快要认不出来了。原来乌黑油亮的头发变成灰白的枯草伏在头皮上，曾经炯炯有神的眼睛变得目光呆滞。精气神仿佛一夜之间被巨大的伤痛攫走了。一个生龙活虎的汉子垮掉了。

一阵心酸涌上李银江的心头。

李银江了解束某某这个人。束某某从部队转业后还依然保持着军人艰苦奋斗的优良作风，吃苦耐劳，敢试敢闯，创业几经失败并不气馁，最终凭着高超的修车技术发家致富。束某某身上有着军人的豪爽乐观，一往直前。李银江曾认为束某某是最坚韧的钢铁一般的男人，没有任何困难能吓倒他。有一句名言这样说："一个人可以被毁灭，但不能被打败。"束某某留给李银江的印象就是一个永不会被艰难险阻打败的硬汉子形象。

看着眼前面目全非的束某某，李银江明白了一件事，丧子之痛不属于"困难"，不属于"艰难险阻"之类的东西，它们都是来自外部的，不连着心，不连着肝，对于意志坚强的人来说，再大的困难都不是事儿，而伤子之痛是连心连肝的，那种割肝挖心的感觉可以瞬间摧毁一个人。

"老束,节哀!"李银江轻轻握住束某某的手,感觉束某某的手变得很无力,像受了重伤的麻雀一样虚弱,以前他的手可是像铁钳一般有力的。

束某某坐在一张矮凳上,目光空洞。他猜想到李银江的到访和自己写给"老团长"的信有关。他已经想不起来自己在信中具体写了什么,只记得当时脑袋里混乱一片,痛苦得无法呼吸,只想在茫茫大海中找到一根浮木支撑自己。人在极度悲恸的时候是哭不出来的,虽然眼睛酸痛。妻子呼天抢地的痛哭都让他羡慕起女人来,如果能把心里淤积的泪海倾倒出来多好啊,可是他找不到泄洪口,长期当硬汉子的角色设定练就的自我控制情绪本领限制压抑了表达悲伤的能力。他整夜整夜睡不着觉,一夜睁眼到天明,脑子里全是儿子活着时各种年龄段的样子,婴儿期的粉嘟嘟、梦里呆萌的甜笑,儿时的牙牙学语、蹒跚学步,第一天进学校大门背着小书包挺着小胸脯的样子,在篮球场上矫健奔跑的身姿,第一次领女朋友进家门羞涩的样子,结婚时喜气洋溢的脸,生病时恹恹的病容,越来越失去光亮的眼睛,束某某的心脏过一阵就痉挛、紧缩,人喘不过来气,感到窒息。他断定自己离疯掉不远了。他希望有山一样厚重的东西让自己靠一靠。

突然有一天,他想到了自己的"老团长"。老团长和蔼、慈爱、平易近人,对待自己的属下,像对待兄弟一样,是青年时期的束某某最敬重最依赖的人。他半夜坐起来,铺开信纸,拿起久未握过的笔开始倾诉,老团长温暖的脸浮现在信纸上,束某某憋在心里的泪终于一滴一滴渗出,最后流成河,信上的字都被打湿了,模糊成一片。信写完后,束某某感觉好受多了,他躺下来,闭上眼睛,居然睡着了一会儿。他知道自己可能不会疯了。

这样的一封饱含泪水的信震撼了"老团长",他心疼老束,不仅担心他的身心状况,更担忧他失子后没有了经济来源,落到衣食无着的凄惨境地,所以才有了公函事件。

李银江说明来意后,束某某陷入了沉思,他知道自己不符合办低保的条件,但这是"老团长"送给自己的礼物啊,是"老团长"带给自己的"温暖",他需要这份温暖,这无关钱财,是自己的"精神食粮",是自己和"老团长"之间联系的纽带。哪怕是领过低保后,他拿出自己的钱上交抵扣他都愿意。他情愿付出别的更大的代价保住这份来自"老团长"的慰藉。

束某某觉得李银江不可能理解自己的心境和感受,所以他一言不发地坐在那里,把茫然的目光投向别处。

李银江轻轻叹了一口气,走上前,拍了拍束某某变得瘦削的肩膀,说道:"有空了我再过来。你好好休息一阵儿,钱是挣不完的。"

束某某没有吭声,他站起来,目送李银江,李银江走了几步回过头来看他,见他一动不动站在那里,形销骨立的样子十分可怜,就朝他摆了摆手,示意他回去休息。李银江不知道,束某某自从儿子去世后就经常陷入木僵状态,为了自救,才逼着自己和工人们一起干活。

第二次登门时,李银江不仅带上了有关低保的纸上规章条例(其实这些条例李银江早就烂熟于心了),还带来了镇上低保户的统计表格,表格上一条条详细地列出了致贫原因。他把规章条例和统计表格拿给束某某。待他看完后,又拿出一张盱眙县日报,指给束某某看,说:"老束,你看,所有的低保户都要登报公示的,不符合条件的,都要被拿下来。"

束某某随意瞟了一眼报纸,埋下头,眼睛看着一个地方,半天不动。

李银江想起出事前的束某某，多么有活力的一个人呐，走到哪里，连空气都带着活跃起来了。

束某某以前很爱说话，嗓门大，中气足，走路抬头挺胸，腰杆笔挺，是典型的军人模样，如今却弓腰曲背，少言懒语，声音无力，精神涣散。

李银江在心里长吁短叹，他很同情束某某的悲惨遭遇，也有点明白束某某的想法了。束某某是军人出身，"一日戎装在身，终生军人情怀。"他怎么会不知道低保是穷人的救命稻草而不是富人的特权？他家卖废铁都抵得上普通农户家一年收入，他哪里会在乎低保那点蚊子腿上的肉？无非是因为这份低保不是寻常意义上的低保，而是凝聚着"老团长"的浓情厚谊。他不舍得放弃这份来自老领导的"恩情"。想到这里，李银江心里有数了，他决定设法打开束某某的心结。

"老束，我理解你！你的老领导重情重义，你也重情重义，你舍不得放弃来自老领导的这份关心，也怕一口回绝老领导的'心意'，怕老领导产生误会。我们来看啊，事情其实是这样的，老领导送了你一份你本来不需要的礼物，他并不知道你的经济条件，如果老领导知道你现在拥有的财富，他会为你感到骄傲的，不会发这样一封公函，他是军人，很清楚国家建立低保制度的意义……"

束某某何等聪明，他知道自己该怎么做了，但面对李银江入情入理、充满人情味的"思想工作"，还是表现出一副无动于衷的样子，因为他的心情还处在悲愤之中，还在抱怨灾祸为何偏偏降临到自家头上而难以平静。等到李银江第三次登门时，束某某顺利地在公函回执上亲笔写下十三个字：我自愿不要享受农村低保待遇。当天束某某再次给"老团长"写了一封长信，告知"老团长"自己的经济状况，并对"老团长"的义举表达了深深的感激之情。

2 严守亲情线

2009年4月,是李银华人生中的至暗时刻,与她相濡以沫几十年的丈夫患病去世,虽然还有三个女儿,但全部都出嫁了,家里只剩下她一个人。突然堕入生活的巨大漩涡,让她顿感失去了人生方向,她恐惧而无助,终日以泪洗面,茶饭不思,夜不能眠。女儿们担心母亲忧思过度,经常放下家里的生意和农活过来陪母亲说话。李银华在女儿们面前并不掩饰自己的情绪,时而大声痛哭,时而掩面饮泣,经常悲叹自己命苦:"一个孤老婆子活着还有什么意思,跟随你们父亲去了算了。"女儿们陪着她默默垂泪,她们一次次帮母亲擦去眼泪,温言软语安慰母亲,说还有她们三个,母亲千万别想不开。

女儿们的安慰并没有减轻李银华的痛苦和巨大的失落感,她觉得自己以后的生活是一片黑暗,没有一点保障。她很想抓住点什么,但找不到能抓的东西。她的眼睛里能看到的人生远景是孤独终老、老无所依。李银华的想法不是凭空飞来的。她没有儿子,如果有儿子,她就绝不会有这样的想法了。很多有儿子的农村老太婆失去老伴后往往表现得很坚强,虽然也痛苦,但不至于寻死觅活,因为儿子是她们心中的精神支柱和经济靠山。农村养儿防老思想严重，女儿再多，也是"泼出去的水"。没有儿子是李银华一辈子的心病，儿子可以对老母亲的晚年生活兜底，女儿能吗？女儿逢年过节时给的那仨瓜俩枣够给她养老吗？自己万一和丈夫一样生重大疾病了怎么办？儿子不照顾老人会遭到村里人唾弃，自己也可以理直气壮地砸锅掀桌子，对女儿，自己就没有这个权力了，到女儿家生活那是要看女婿脸色的，要看亲家母、亲家公脸子的，她李银华是要面子的人，绝不会到别人家里去吃"下眼食"。

丈夫刚去世那一阵子，李银华完全蒙了，她不敢相信已经发生的事情，觉得一切如在梦里。看清现实之后，她开始规划自己的将来。她觉得自己的情况符合吃低保的条件。

李银华没有把想法告诉自己的弟弟李银江。凭对自己弟弟的了解，她觉得指望不上他。弟弟是出了名的大公无私，找他只会碰一鼻子灰。李银华直接找到桂五镇党委领导，开门见山地提出请领导帮她渡过生活难关。分管民政的领导了解了李银华的情况后，决定为她开绿灯，专门召开了办公会，出具了书面会办纪要，交给李银江办理。谁也没有想到，事情到了李银江那里会"卡壳"，李银江居然不同意办理。

李银华又伤心又生气，眼泪流了出来，觉得这个弟弟太"无情"了，他当"官"，自己未曾沾过光，到头来还在自己的事情上当绊脚石。

"我家发生这么大的事，天都塌了，作为弟弟，他该主动帮我解决生活难题，想不到竟然阻挡我办理低保！真是太不讲感情了。"李银华心里窝着火，打电话给李银江，劈头说道："你还是不是我弟弟？你把我当姐姐吗？世上有你这样做弟弟的吗？"劈头三问感情强烈，表达同一个意思。李银江心里也有点发虚，他虽然预料到会有一场狂风暴雨，但真正来临时，还是有点吃不消。他亲热地喊道"姐啊"，未等他继续说话，电话里传来"我不是你姐！我没有你这个弟弟"的声音，随即是一阵忙音。姐姐气头不小。下班后李银江去超市买了些姐姐爱吃的零食、水果，装了满满两大塑料袋。

"你来干什么？"李银华开门看到李银江，气不打一处来。

"姐，姐，你听我说。"李银江赔着笑脸。他能理解姐的心情，也知道即便给姐办了低保也算不上违规，可是脑子里有一个声音在提醒他，不能办。为什么李银江不给自己姐姐办低保？这个问题他姐想不通，估计其他亲人也想不通。其实事情发展到这一步，办与不办都会有人说闲话。不办，可能有人会说李银江为了个人捞名声得荣誉，连自己姐姐的死活都不管。李银江长期身处政府单位，对这个说法早就可以做到置之一笑，不予理会。他多年来一直做社保站站长，早已把功名利禄看淡了，只想为老百姓做点实事，让老人们免除生存的恐惧。如果给姐姐办了低保，可以想象会有更多的人说闲话。姐姐有三个女儿，新社会新思想是"生儿生女一个样"，法律也规定女儿和儿子的责任和义务是完全一样的，没有任何区别，都享有财产继承权和赡养老人的义务。三个女儿年轻力壮，都有赡养能力。这是明摆着的事实。他李银江如果给姐姐办了低保，把这个口子开了，那以后的问题就多了，想想看，国家长期实行一对夫妻只生一个孩子的计划生育政策，多少人家都只有一个女儿，等他们老了难道都要办低保？再说姐姐的经济状况在村里不算是最困难的。

看到堂屋供桌上摆着的姐夫的遗像，李银江默然站立了一会儿，想起姐夫和自己情同手足，想起姐夫和自己讨论村里工作的情景，姐夫生前担任村书记，和同样做过村书记的李银江有很多共同语言，他俩到一起总有说不完的话。想起这些，李银江的眼泪流了出来，姐姐则在旁边哭出声来。

"姐。"李银江搂住姐姐的肩头,他心里有很多话儿想说。李银江幼小的时候,因为父母太忙,没时间带他,是姐姐抱着他玩,有时他趴在姐姐的背上就睡着了,等他稍微长大一点儿,姐姐带着他去田野里割猪草,捉蝴蝶,粘知了,摸蝉蜕。人家都说,他是姐姐的小尾巴,姐姐到哪里他就到哪里。姐姐带他去看露天电影,用蒲扇为他扇风,驱除蚊子,自己却热得流汗,腿被蚊子叮咬。为了让自己好好学习,家里活、地里活,姐都干得比自己多。

"姐,你听我解释。"李银江的声音异常温柔,"姐啊,你看,现在保障对象多,但保障资金是有限的,发放低保经常引起很多矛盾,造成农村社会不稳定,因为这个问题,有人上访,其他地方还出现威胁恐吓民政工作人员的事情。我最怕农村低保变成'人情保、关系保',而要让民心工程真正得民心,既要规范业务,更需制度建设。低保钱不多,但大家都盯着我,办得好得民心,办不好失民心。姐姐你现在还有三个女儿,比起那些孤寡老人不知道好了多少倍,困难只是暂时的,你的家庭还没有困难到真的需要政府救济的程度,如果我帮你办理了低保,其他真正需要的群众就无法得到救助,我是你的弟弟,你相信我,我会和三个外甥女一起照顾你的。等你以后老了,做不动活了,我保证,有我李银江吃的,就有姐姐你吃的。我决不会让你挨饿的。"

李银华看到弟弟讲得那么辛苦,又看到他双鬓添了白发,觉得弟弟做民政工作也不容易,自己还是不要给弟弟添乱了。

最终李银华放弃了低保救助。

这一年,李银江的亲家母得了癌症,达到了吃低保的条件,儿媳妇向李银江提出给母亲办低保,李银江一口拒绝了,还训起儿子和儿媳:"你们受过国家高等教育,知书达理的,两个人每个月都领好几千的工资,连老人都不赡养了?"

3 25万元彩票奖金

2011年的一天,李银江刮到25万元奖金彩票的事情传遍了桂五镇。李银江没有把这笔钱装进自己挎包,他选择了上交,让25万巨款入了公账。

事情是这样的,那天彩票还剩下十二张没有卖出去,为了完成销售任务,李银江掏出24元钱(票面金额2元)买下了所有剩余的彩票。他一个人坐在办公室里一张张刮彩票,记不清是刮到第几张,中奖25万元的字样赫然出现在李银江眼前!

李银江一下子瞪大眼睛,直直盯着彩票。妈呀,这是真的吗?不会是看花眼了吧?他摇摇脑袋,又揉揉眼睛,把彩票凑到脸跟前,一个字一个字地看,仿佛那些字他平生第一次见到似的。千真万确,中奖了,25万!他感到心脏"怦怦怦"跳得厉害。

李银江立即拨通了镇长的电话。

"嗐!真有此事?看错了吧?"镇长不敢相信李银江说的。

待得到李银江肯定的答复后,镇长着实表扬了他一番。

李银江那天很晚才回到家,因为他像往常一样,去敬老院巡查情况，陪老人们聊天，照料失能老人。他不知道自己刮到25万元彩票的事已经长了翅膀，成桂五镇当天的大新闻了。晚上回到家里，妻子素珍笑吟吟地看着他，李银江问："有喜事儿？"

"啊？你自己的喜事还问我？"素珍一脸惊讶。

"我有什么喜事儿？"李银江笑着问。

打过电话给镇长以后，李银江就把彩票中奖的事儿抛到了脑后。

"还装呢！"素珍一边帮李银江把脱下来的外套挂到衣架上，一边说，"谁不知道你中大奖了，25万！我就说呢，今天家里有喜事，大早上的，花喜鹊对着我喳喳叫。"

李银江哈哈笑起来："那是公家的钱，已经还给公家了。"

"嗯？"韩素珍不敢相信自己的耳朵，"大家都说是你买的彩票，是你刮的彩票，怎么成公家的钱了？"

李银江耐心给妻子解释："是我买的彩票，是我刮的彩票，这都不假，可是，你想想，你认真想想，我为什么买这个彩票，我代表谁买的这彩票，如果我不是负责这个销售彩票的事情，25万奖金彩票能到我手里吗？如果这个奖金我领了，会造成什么影响？本来就有不少彩民质疑彩票的公正性，那我不是坐实了大家的怀疑吗？以后彩票还怎么销售？谁还来献这个爱心？对国家影响大不大？"

韩素珍频频点头，觉得丈夫说得非常有道理。

第二天一大早就有几个朋友打来电话，让李银江请喝酒："老大你中了大奖，也让我们沾沾喜气，分享一下喜悦！"

李银江呵呵笑道："请喝酒可以，但和中奖无关，那笔钱是政府的，已经完璧归赵了。"

"真的假的？25万相当于你五年工资总和吧？你居然不动心！"

好朋友知道李银江的工资不高。

"你担心你的身份不适合领奖，可以让朋友代领啊，是不是傻啊你？"

李银江笑笑，不说话。

"桂五镇民政办连彩票中奖都入账，在全中国估计是第一家吧？"上级民政部门在审计账户的时候，看到了财务报表里面有25万元的巨款，问清原委之后，感叹道。

4 这些年拒绝的红包

"兜里没红包,心里才坦荡,做人要清清白白、公公正正,这才能够为民服务。"工作几十年,李银江始终坚守自己的原则,从未收过红包。

2010年初冬的一天,下班时间到了,李银江办公室突然来了一位不速之客。她穿着紫色外套,脖子上围着一条绿丝巾。她先是在门口探头探脑看了一会儿,然后问:"你是李银江主任吧?"

"嗯,请问你找我有什么事?"李银江问道。

来人告诉李银江,她是桂五镇民间艺人朱某某的妻子。

李银江一下子就明白了,朱某某想办理灵车线路。

朱某某的妻子突然从挎包里拿出一个红包,朝李银江衣服口袋里塞,嘴里说:"这里有5000块钱,请你收下。"

李银江一边说"不能不能",一边阻拦对方,但对方并不停手,一定要李银江收下,居然还说:"不收下就不让你走!"

李银江哭笑不得。他还是第一次遇到这样简单粗暴的送礼方式。李银江说:"你这是干什么?你丈夫的事按规定能办一定办,不能办坚决不办，红包我是绝对不会收的！"

对方根本不听，死死拽住李银江的衣襟，不让他走。

"今天你一定得收下，你不收下你就走不了！"

李银江急道："你这是把我往火坑里推，你知道吗？"他掏出手机打电话给朱某某："快把你老婆领回家去，成什么样子！"

朱某某马上赶到了，看到老婆和李银江撕扯在一起，也觉得不成体统，呵斥妻子"把手松开"，眼神里满是抱怨："平时看你咋咋呼呼的，怪能干似的。"

女人松了手，李银江的衣襟都被她拽得皱巴巴的，老朱伸手想帮李银江整理衣襟，被李银江甩开了。

李银江喘一口气，说："老朱，我告诉你们两口子，红包我是不可能收的。你是桂五镇人，应该知道我李银江是啥样的人。你们这样做，不是给我好处，而是在害我。"接着反复向他们讲述民政工作者廉洁奉公的相关规定。

夫妻俩看着李银江一脸严肃的表情，只好作罢了。

2012年9月，桂五镇修建公墓，这是个大工程，是很多供应商眼里的"大肥肉"。一天中午，浙江老板杨某找到李银江，希望李银江能高价使用他家的材料，说明来意后，他往李银江办公桌上放了一个大红包。

刚刚还礼貌客气的李银江沉下了脸，正色道："杨老板，你认错人了，我李银江一向办事公正，如果你的材料的确物美价廉，我会用的，如果你的材料不合格，你就是送我金山银山，我也不能收，这公墓是政府的惠民工程，来不得一点点水分。"

杨老板做生意多年，什么样的官员没见过，他以为李银江不过是装装样子或者是害怕被别人发现，朝李银江露出神秘的一笑，靠拢上前，悄悄说道："放心！我有办法，不会被察觉出来的，这笔钱我们分期加开在供货发票上，保证不会露出马脚。"

李银江知道他误会了自己的意思，叹了口气道："杨老板，你这是不相信我啊，我刚才说的话句句是真。你家材料如果真的好，价格又公道，我何必不用呢？如果材料不好，我是绝对不会用的，你应该做的功课是，证明你家材料好，价格又便宜，质美价廉，这才是与同行竞争的获胜之道，而不是想着走歪门邪道。"

杨老板发现李银江是实诚人，是真正廉洁奉公的好干部，不由得生出敬佩之心。他收起红包，抱歉地笑笑，说："李院长，您是好人，是好干部，如果每个官员都像您这样，那是我们生意人的福音啊，谁又想走歪门邪道啊？做生意也不容易！"

杨老板的材料质量好，在价格上又做了巨大的让步，使得桂五镇公墓工程真正成了老百姓心目中的"放心工程"。

近年来，网上购物日益普及，这种模式，确实给人们带来了不少方便，但由于事先看不到物品，不一定让顾客满意，再加上运输过程中可能出现损伤，因此也会产生一些矛盾。很多人对网购比较排斥。李银江虽然说不上排斥，但也很少在网上买东西，一是他本身对物质的需求不高，另外一点，天天忙得很，哪有空上网买东西？然而有一天，李银江却莫名其妙地收到一件快递。

那是7月的一天，李银江刚忙完手头的事，敬老院一位工作人员说："李院长，有你的快递。"李银江一愣，自己没在网上买东西，也没听说谁寄什么东西给自己，怎么会有快递呢？他的第一反应是，会不会弄错了？工作人员说："不会错的，你的地址、电话、姓名，写得清清楚楚的。"

李银江狐疑地接过了快递。

自己肯定没买东西，李银江回家问妻子，妻子说不知道，问孩子也不清楚。妻子说，既然是寄给你的，那就拆开看看呗。东西不太大，也不是很重，李银江拆开一看，是一些零食和一条硬壳中华香烟。谁会寄这个给他？李银江更加纳闷了。妻子提醒他说，看看寄件人是谁，李银江仔细瞧瞧，发现一排小字，寄件人是卞某某，但自己对这个人没什么印象。

"无缘无故的，人家怎么会寄东西给你？你再想想，认不认识什么姓卞的？这种姓的人不太多。"妻子说道。

李银江使劲想了想，忽然想起自己还真认识这么一个人，是连云港的一个老板，跟自己有过公墓材料供应往来。卞老板确实说过要感谢他，但被李银江拒绝了，没想到他会寄东西来。虽然东西说不上多珍贵，但也不能收啊。李银江当即把包裹退了回去，不光退回去，又打电话质问卞某某："你怎么想起来干这事的呢？这不是助长不正之风吗？"说得卞某某都不好意思了。

工作这么多年，李银江退过的红包不计其数，小的二百元，大的上万元。有人问他，面对礼物和红包，有没有动心的时候，李银江哈哈大笑，说："我没什么不良嗜好，开销不大，工资足够一家人生活了。人要那么多钱有什么用？够花就行了。赚钱要心安理得，不属于我的钱，揣在兜里，一辈子都会良心不安的。"有人说李银江傻，还有人说李银江不敢收红包，是因为胆子太小，李银江说："我胆子确实小，不是自己的东西，不敢拿。人要有敬畏之心，但求问心无愧，拿了别人的钱，天天担惊受怕的，饭吃不香，觉睡不着，那才真叫傻呢。"

第九章 不忘初心

1 桂五镇的"110"

65岁的李银江,几十年如一日奔波在救助困难群众的第一线,哪里有困难他的身影就出现在哪里,桂五镇干部群众把李银江看作是救急救难的"110"。

陈克华老人说,他的命就是李银江"抢"回来的。

那年夏天,天气炎热,陈克华一个人在田里栽稻,忽然感到一阵眩晕,栽倒在了水里。这一幕恰巧被路过的李银江看到了,他来不及脱鞋子,奔跑过去,背起人事不省的陈克华就往医院跑。李银江的白衬衫被陈克华身上的泥水浸湿了,裤管、凉鞋上也沾满了薄泥。

"快,快,老人情况很危险!"李银江把陈克华送进了急救室抢救。三天后陈克华才醒过来,看到床边坐着的李银江,眼里布满红丝,几天没刮的胡子浓密得像雨后的春草,一行浑浊的热泪从老人深陷的眼窝里流了出来,顺着皱纹的沟壑,滴到白色枕头上。

他知道是李银江救了自己的命。

"谢谢!谢谢!"老人伸出瘦削的手去抓李银江的手。

见老人醒来了，李银江十分高兴，连忙按医生的嘱咐给老人搞了点吃的。待老人有了点精神，李银江问道："您这么大年纪了怎么还自己一个人插秧？"

"家里就我自己一个，没有别的人。"老人的眼泪流得更欢了，这次流的是辛酸的泪，感叹自己晚年的凄凉、生活的不易。

老人病好后，李银江就把他安排进了敬老院。陈克华从此过上了有吃有喝有零花钱的生活。由于长期生活失养、亏欠多，陈克华老人老是生病，一年有四分之一的时间在医院里度过。当时敬老院工作人员奇缺，李银江不管工作有多忙，都会把一日三餐送到陈克华老人病床边，风里雨里不间断。

"我的吃穿住都由李院长一手操办的。"陈克华哽咽着说。

"你们瞧瞧我的鼻子，看看咋样？"桂五镇林山村双民组的村民叶克林摸着鼻梁问大家。

关于鼻子的一件很血腥很恐怖的事件，叶克林对人们讲了一遍又一遍，每一次讲述都声情并茂，饱含对李银江的感激之情。他认为李银江是他的救命恩人，如果没有李银江，他的坟头草都长很高了。

1988年5月，叶克林去邻村出礼，回来的时候天已经黑透了，迎面过来一辆大货车，叶克林的眼睛被大货车刺眼的灯光照射得什么都看不清，手里的自行车车把一个歪斜，车"噗通"一声翻进了沟里。叶克林感到鼻子里一阵剧痛，随即一股粘稠的液体流了下来，刺鼻的血腥味瞬间弥散在夜晚的空气中，像泉眼被捅破一样，血汩汩不断地流出，半张脸很快被血糊满，衣服上也沾满了血迹。

遇到这种情况，有村民打电话给李银江，李银江正在吃饭，把饭碗一撂，骑上自行车就朝出事地点驶去。赶到时李银江看到现场围了一群人，他担心发生二次事故，连忙疏散围观群众，这时桂五镇医院的救护车也到了。

叶克林已经晕过去了，急需把他移到救护车上抢救，可是长长的自行车刹把像尖刀一样深深刺入鼻腔，护士不敢轻举妄动，担心拔出刹把时，引起更大规模的出血。但不拔刹把，人就没法移到救护车上。李银江意识到时间就是生命，不能再耽搁了，当机立断道："我来拔。"他紧紧盯着伤者的鼻腔，手小心翼翼地向外拔刹把，神情专注得像在拆一枚随时会引爆的炸弹。刹把拔出来了，一股鲜血直喷出来，护士赶紧把一大团棉纱塞进鼻腔止血。十几分钟后，救护车进入桂五镇医院抢救室，但因伤势过重，又急忙转院至盱眙县人民医院抢救。医生紧急处理后，叶克林才转危为安。处理完伤者，医生对李银江说："再晚一步，这人命就没了。"

"要说那会儿，他李银江不认得我，我也认不得他，人家凭啥就把我这条老命给救下了？还不是因为人家厚道！"叶克林竖起大拇指说。

桂五镇高庙居委会丁郢组的张德进，在自己姐姐家喝酒喝多了，回家的路上，掉进了沟里，摔得满头是血。

"当时我连求救的力气都没有，后来昏过去了，听人说是李银江院长安排车辆把我送进医院的。李银江院长就像是桂五镇的"110"，大家碰到什么急事难事突发事件，都第一时间找他。"张德进说，"是现场的村民打电话告诉李银江的，李银江接到电话，二话不说，立即找车送我进了桂五医院。护士给我输了两瓶水。要不是李银江，我可能就因为酒精中毒醒不过来了。"

张德进刚进医院时的情形，当时给他输液的护士还记得很清楚。"他醉得很厉害，满身散发着能熏死人的酒气，头上破了一个大包，血头血脸的很吓人。给他包扎，他还不让，把胳膊一甩，差点把我弄跌倒。他劲很大，两个人都按不住。"护士回忆道。旁边在场的人作了补充，无论护士好说歹说，醉汉张德进就是不准人靠近他。李银江上前一把抱住张德进，不让他动弹，嘴里叱责道："你不要命啦，脑袋磕出这么大口子，出这么多血，还耍横！"也许是张德进折腾累了，也可能是被李银江的强大气场镇住了，人终于安静了下来，乖乖地接受医护人员的清创消毒、缝针、上药、包扎、挂水。

张德进醒酒之后，看到一身血迹的李银江陪护在跟前，非常感动，连连致谢！李银江劝他道："以后少喝点酒，喝酒伤身，你看今天多危险，要不是被人发现，你自己在沟沟里躺一夜，真不知道会出什么意外，血都能流干了。酒精深度中毒也能要人命。"

"是是是。"张德进连连点头，再三表示，以后再也不贪杯了。

"如果再喝醉酒，我就不是人。"张德进说到做到，从那以后果真没有再醉过酒。

2 义务调解员

李银江是桂五镇的义务调解员,谁家遇到纠纷,都会找他调解。他群众威信高,懂法律政策,又非常热心,还能说会道,调解时既讲情理,又讲法理,做到公平、公正。几十年来,经他调解的纠纷到底有多少件,连他自己都记不清了。

陈昌俊和刘芳自由恋爱了几年,感情非常好,到了非你不娶非你不嫁的地步,两人都渴望早点步入婚姻的殿堂,过上朝夕相伴耳鬓厮磨的美好生活,可是陈昌俊的父母不同意。老两口看不惯刘芳的作派,认为她不像会过日子的人。刘芳性格活泼外向,喜欢制造浪漫的小惊喜,陈昌俊的父母是老古板性格,总是看刘芳不顺眼,他们希望未来的儿媳妇是个老实文静,又乖巧又听话的人。

陈昌俊的父母极为固执,无论陈昌俊怎么夸赞刘芳,老两口就是不接受,还扬言除非他俩死了,否则刘芳别想进陈家的门。陈昌俊为此茶饭不思,日渐消瘦。刘芳是个烈性女子,她想出一个极端的办法,这个办法会将自己置于危险的境地,但为了爱情她豁出去了。她没有告诉陈昌俊这个想法,他胆子小,她怕吓着他,如果他知道了一定不会同意她那样做。他是谨小慎微的人，在强势父母的长期管教下，性情也比较柔弱。刘芳恰恰喜欢他的阴柔，对他有种保护欲。

那天晚上，天上下着小雨，给黄昏里的花草树木平添上一层淡淡的诗意，但在刘芳的心里却变成了伤感，她本是一个快乐的人，如今却被不能遂意的爱情折磨得要崩溃。和心上人恋爱几年了，迟迟不能修成正果，真是恼人，一股强烈的焦躁感占据了她的心。她不顾家人的阻拦，突然冲进了雨幕，很快消失了。

陈长州和老伴李华正坐在饭桌前吃饭，陈昌俊赌气不吃了，在自己房里生闷气。可能是因为下雨的缘故，陈昌俊比平日更加愁肠百结，刚才在饭桌上，因为婚姻的事跟父母争辩了几句，父母骂他"不孝子"，说他现在就敢和父母顶嘴，以后肯定"娶了媳妇忘了娘"，这个儿子算是白养了！

"你们让我过得这么痛苦，为什么还要把我生出来？"陈昌俊说出一句憋在心里很久的话。

"臭小子说的什么胡话！都是被那个女孩子带坏了，再跟她搅在一起，看我不打断你的腿！"陈长州骂儿子。

陈昌俊把饭碗一推，说道："不吃了。"站起来朝自己房间走去。

"跟谁赌气呢，不吃饿到你自己还能饿到别人呀？"母亲李华嘴里嘟哝着。

陈昌俊气得甩了一下门。他至多也就是反抗到这种程度了。对于自己思想顽固的父母，他真的不知道该怎么办。他觉得这辈子如果不能跟刘芳生活在一起，活着就没什么意思。活力四射的刘芳带给他多少快乐啊，是刘芳把他的生活带进一个新境界。为什么父母就不能接受刘芳呢？他们难道看不出来刘芳是他快乐的源泉吗？他甚至恶意地猜想，父母之所以讨厌刘芳，是因为刘芳夺去了儿子对他们的依赖，他们嫉妒刘芳占据了儿子的心。正在他胡思乱想的时候，外面传来了敲门声。

这个时候谁会来？陈昌俊听到母亲出去打开院子的大门，"吱呀"一声，大门开启，陈昌俊听到了最熟悉最美妙的声音。

"大爷大娘，我来找陈昌俊。"

是自己心爱的刘芳冒雨来看他了！

"我们家不欢迎你。"李华冷淡得就差把刘芳推出门外了。

"刘芳，"陈昌俊三步并作两步，上前拉住刘芳的手，"身上都湿了！"

陈昌俊的言语中充满怜惜。

"喊。"李华不屑地撇撇嘴。她预感到刘芳是来挑衅的。看刘芳的表情就知道，一副天不怕地不怕的样子。

难不成她能"抢亲"？

儿子是我生的，谁也抢不走！

"儿子，过来！"李华把陈昌俊硬拽到自己跟前，"姑娘，你听清楚了，我情愿让自己儿子打光棍，也不会让他和你结婚的。"李华说完高昂起下巴，眼睛斜睨着刘芳。

"大娘你说了不算。陈昌俊不是孩子，他是成年人，他有权利选择自己的人生。他不是你的私有财产，他是独立的人。"刘芳一口气说道。

"哟哟哟，我生的我说了不算，难道你这个外人说了算？他就是活到80岁，也是我的儿，也得听我的！老话说得好，父母之命不可违！"李华说。

"陈昌俊他爱我，我也爱他，我俩情投意合，谁也离不开谁，你们为什么要阻拦我俩结合？"刘芳质问道。

"一个女孩子家说出这种话，也不知道害臊。"李华做出一脸嫌弃的表情。

"我俩光明正大恋爱,又不是偷情,为什么要害臊?"刘芳反驳道。

陈长州从屋里走出来:"吵什么吵?"他转向刘芳说:"世上的男子千千万,你为什么死缠着我儿子不放?"

陈昌俊喊道:"爸,你错了,是我缠着刘芳。"

"放屁,闭上你的嘴!没出息的东西,没见过娘们似的。"陈长州骂着儿子,还不解气,又上前踹了两脚。

刘芳见陈昌俊被打,急了,上去扯陈长州胳膊,陈长州眼睛瞪圆,吼道:"我打我儿子,要你来管!"

"你没权利打人,打人就是犯法!"刘芳说。

"我打的是我自己下的崽,犯的哪门子法?"陈长州气不打一处来。这个女孩子太猖狂了,如果真让她进了陈家门,那还得了!

"我就打了,我就打了,你说我犯法,你叫公安局把我抓起来。"陈长州又踹了陈昌俊两脚。陈昌俊委屈得眼泪掉了下来。刘芳心疼不已。她终于理解陈昌俊为什么那么柔弱了,也知道陈昌俊的苦衷了。两人平日里约会,陈昌俊经常爽约,面对刘芳的怪罪,他总是解释说爸妈把他锁在家里不给他出门,她当时还不相信,觉得荒唐,现在她相信了。这样的父母,啥事干不出来!

"住手!"刘芳突然大喝一声,"如果你们就是不能接受我俩在一起,我现在就死在你们面前!"她忽然拿出一个黑色的药瓶。

她要自杀!陈长州和李华愣住了,他们可不想在自己家里闹出人命。陈长州赶紧去夺刘芳手里的药瓶,被刘芳躲开了。她高高举着药瓶,像举着一只炸弹。陈昌俊吓坏了,他不敢想象没有刘芳的生活,哆哆嗦嗦地说:"芳,芳,你死了我怎么办?我也不想活了,我俩一起死了算了。爸妈,原谅我不孝,我要陪刘芳了。她死我也不会独自活着的。"

他们一家的吵闹早已惊动了四邻,见要出人命,有人打电话找来了李银江。

看到李银江,陈长州和李华心里安定了些。

"刘芳,把药瓶放下,年轻人做事不要冲动。"李银江用眼色示意刘芳,刘芳放下了药瓶。李银江叫陈昌俊把刘芳送回家,在两人耳边悄声说:"放心吧。"两个年轻人真的放下心来了。他们知道李银江叔叔的威名,知道世上没有这位叔叔摆不平的事情。

待两位年轻人走后,李银江坐下来慢条斯理地和两位老人聊起了天。

"老弟,老妹,你家儿子不小了,到了娶亲的年龄了,你们也想早点抱孙子吧?"李银江说道。

"是啊,可是孩子眼光不行,好女孩那么多,偏偏看上她。"李华说。

李银江说:"你们真的了解刘芳吗?据我所知,刘芳是个好女孩哩,你们儿子有眼光。刘芳这个孩子很大气,开朗阳光,对父母孝顺,嘴巴也甜,见人都喊伯伯婶娘,邻居没有不喜欢她的。她还勤快,干起活来是一把好手。"

李银江不是瞎说的,他是老民政人,很多家庭的情况都了解。他也不是乱点鸳鸯谱,刚才就那一会儿工夫,他就看出来两个孩子非常般配,是极佳的组合。

"儿子能遇到自己真心喜欢的人,对方刚好也喜欢他,这是多么幸福的事情,你们该为他高兴啊。有的人一辈子也遇不到这样的好事。从你儿子的眼神可以看出,刘芳带给他巨大的快乐,如果你们硬要他跟自己不喜欢的人在一起生活,他将一辈子陷在痛苦中,这样的结果难道是你们愿意看到的吗?你们应该清楚一点,是你们儿子找对象，不是你们找对象。是他在找一个和他共度一生的人，这个人合不合适，就像鞋子合不合脚，只有他自己知道。从法律上讲，你们也没有权力干涉他跟谁结婚，因为婚姻法规定婚姻自由，任何人无权干涉，包括父母。孩子大了，作为父母，该放手时且放手。如果你们死不放手，反而会失去孩子，你们能把他拴在家里一辈子吗？他已经成年了，完全可以脱离你们，搬出去自己住，或者带上刘芳远走高飞，到那时候，你们后悔也来不及了。为了在一起他们愿意以命相搏，你们觉得能拆散他俩吗？如果今天他俩想不开真的喝药死了，你们是不是后悔莫及？"李银江说道。

两位老人听李银江讲得十分在理，原先的执念开始动摇了。仔细想一下，刘芳这孩子确实有很多优点，最关键的是，对自己儿子好。李银江见他们想通了，起身告辞，在门口遇到回来的陈昌俊，李银江做了一个胜利的手势，陈昌俊露出惊喜的表情。

不久，两个年轻人挑了个好日子去民政局领了结婚证，婚后，刘芳一点不记仇，对公公婆婆十分孝顺。陈昌俊更是觉得有刘芳在身边每天都像过节。两个人恩爱异常，日子比蜜还甜。一年后，刘芳生下一个小宝宝，非常可爱。小宝宝一天天长大，跟刘芳一样活泼，爱唱爱跳，"爷爷奶奶"喊得甜，把陈长州和李华乐得整天合不拢嘴。

2014年的春天，桂五镇上演了一幕"孙女争夺战"。

事情是这样的，一个老太太和儿媳妇，一人一边拉住大孙女的两只胳膊，都不愿意撒手，老太太哭天抢地，儿媳妇寸土不让，一时之间僵持不下。

看到这种情景，有村民赶紧找来李银江，李银江赶到现场，询问一番后，得知原来是桂五镇的一户周姓家庭，由于丈夫患抑郁症上吊去世，留下了两个女儿，儿媳妇准备带着女儿改嫁，老太太不愿意，因为两孩子从出生后就和奶奶生活在一起，而儿媳妇也一直尽心尽责地抚养孩子，同样不愿意放弃。

通过谈话，李银江发现，双方考虑的共同点均在于是否有利于孩子的健康成长，老太太还担心，孙女由儿媳妇抚养后，自己无法探望。李银江心想：都是为了孩子，那就以有利于孩子的健康成长为突破口。李银江和老太太坐在路牙上，以拉家常的谈话方式，耐心细致地做起了她的工作。通过列举儿媳妇和老人家当前的抚养条件，从双方经济状况对小孩生活与学习的利与弊进行对比分析，告诉老奶奶，她的经济能力以及目前的生活环境，明显不如孩子母亲一方对孙女的成长有利，且不直接抚养孩子一方，享有探望权是法律赋予的权利，终于打消了老奶奶的顾虑。儿媳妇也当即承诺，欢迎奶奶随时回来探望孩子。

通过李银江入情入理、设身处地的分析，老太太也考虑到自身的抚养条件，双方当场达成调解协议，一起抚养权纠纷案终于得到了圆满解决。

三天后，李银江放心不下，又去回访，老奶奶高兴地告诉他，现在两个孙女中午放学后都来她这儿吃饭，她天天都能看到孩子。

1997年5月，桂五镇林山村林山组的万孝宝被电线杆压死了，家里一下子塌了下来。

万孝宝上有80多岁的老母亲，下有一双未成年的儿女，妻子孙长花还身有残疾，家里的顶梁柱没了，家里立刻陷入了困境。不幸中的万幸是，万孝宝因公牺牲，最终获得3万元赔偿款，但谁也没想到，因为这3万元钱，家里却炸开了锅。

镇社保站站长李银江得知情况后，和镇村相关负责人多次上门协调，最终形成了解决方案：既然家庭成员互不信任，补偿款就由村集体保管，村里负责为万家盖三间瓦房，并为万孝宝的老母亲、妻子、未成年儿女办理五保手续。对于这一处理意见，万家几口人都表示认可。

赔偿款处理好了，可李银江对这家人的关心并没有停止。万孝宝的儿子万青到了当兵的年纪，李银江亲自送他入伍；女儿万芳到了上高中的年纪，李银江又和南京驻盱扶贫工作队联系，将万芳送到了南京读书。

后来，万青从西藏当兵回来，开了一家饭店，生意红火得很，万芳学习努力，如愿考上了大学，一家人算是走出了困境。

"老万啊，多亏了李站长，咱儿子、女儿如今都有出息了。"每年清明节，孙长花都带着儿女到老公的墓前上香，诉说着李银江的恩情。

3 让孤儿不再孤单

2011年,发生在江苏盱眙桂五镇的"七尸九命"灭门惨案,早已消失在时间的烟尘中,一场汹涌的爱恨情仇,给世人留下无限的唏嘘。

李月月是这一惨案的唯一幸存者,初中刚刚毕业的她,案发那天晚上参加学校举行的纪念活动,住在镇上同学家,躲过了一劫。死者长已矣,生者常戚戚。此后多年,李月月都不敢回忆那一段沾满血泪的岁月。十年过去了,长大成人的她回首往昔,更多的是对曾用温暖呵护她成长的好人的感恩。李银江就是其中最重要的一位。惨案发生后,李银江成为李月月的"代理爸爸"。这个代理爸爸给予了李月月无微不至的关心和照顾,对她的大事小事尽心操持,每个生活细节都考虑到,"连化妆品都买好",做得丝毫不比亲爸爸差。

第一次见到月月,是在惨案发生三天后,那几天身为民政办主任的李银江过度操劳,心力交瘁,三天三夜几乎没合过眼。灭门大案震惊全国,省市县三级公安坐镇督办,后勤保障、丧葬火化一应事情都落到镇民政办头上。死者中有一个是远嫁外省回来娘家待产的孕妇，怀着双胞胎，死讯传到夫家，引发一片哗然，呼啦啦来了一大帮人闹丧，不给动尸体，向镇政府讨要说法。李银江为稳住大伙儿情绪，包了三家酒店好吃好喝殷勤招待他们，并不停地做他们的思想工作。经过两天两夜谈判，终于达成了赔偿协议。

在遗体火化前夕，李银江特地交代妻子韩素珍，买一套小女孩衣服和两只淡红的发夹。那是留给最小的死者（李月月7岁的表妹）穿的。表妹脸上的血污被李银江用温水擦净了，穿上了淡蓝色的上衣、月白色的裤子、白袜子和黑皮鞋，头上戴上了发夹。表妹像是睡着了。李月月恍惚中觉得表妹可能马上站起来，像往常一样和她嬉戏玩闹。

李月月太累了，她快撑不下去了，死去的爸爸、妈妈、外婆、姐姐轮流在她的脑海里浮现，每次刚刚睡着，就被惊醒了，醒来发现心脏那里隐隐作痛。在梦中的亲人都是笑着的，比活着时笑得还甜。爸爸平时比较严肃，但梦中的爸爸非常慈爱，笑得眼角皱纹都出来了；本来就爱笑的妈妈更是笑得眼睛弯成月牙；在梦里，姐姐拍着自己的大肚皮对月月说，你就快做小姨了。姐姐笑得多欢呀，快要当两个孩子的妈妈了，别提多高兴了。李月月不明白死去的亲人为什么都朝她笑，后来她想，也许是亲人在安慰她，消除她的恐惧心理。那段时间她真的太害怕了，害怕黑夜，害怕陌生人，害怕那一团浓重的凄凉孤独感。有时她甚至想，不如和爸爸妈妈姐姐他们一起走了呢。虽然是大热天，她却一阵阵地感到浑身冰冷，此时她多么渴望有一个温暖的肩膀让她靠靠。当胡子拉碴、满眼血丝的李银江站到她面前时，她心里生出一丝亲近感。连日来她亲眼看到这位叔叔操持着一切，亲眼看到他暗地里抹眼泪，亲眼看到他为表妹擦脸上的血，帮表妹穿上漂亮的衣服，给表妹戴上好看的发夹，亲眼看到他因心疼表妹而眼泪直流。这是个软心肠的叔叔，这是个热心肠的叔叔。

李银江的心紧缩起来，面前的小姑娘看上去如此憔悴，嘴唇和脸色一样灰白发青，双眼里透出死寂的绝望，看她那副虚弱的样子，仿佛随时会栽倒在地上，她一定几天没吃下去饭了，几夜没睡好觉了。

一股怜惜之情充满李银江的心房。

"孩子，"李银江憋住眼泪，"别怕，也别担心，叔叔送你去新学校。"

葬礼后第二天，是月月高中入学报到的日子，李银江提前买好了文具和生活用品。他带着月月到县城学校报名、缴费、整理宿舍床铺。在李银江铺床的时候，有个同宿舍的舍友问李月月："你爸爸真能干，你妈妈怎么没来？"舍友想不到，平平常常的两句话，竟然惹得李月月当场大哭起来，吓得她连忙躲到走廊上。李银江好言安慰了月月一番，又到走廊上向同学们解释，简单介绍了一下李月月的家庭变故之后，请同学们以后多多关心李月月，不要孤立她。李银江又找了宿舍管理员和班主任，告知李月月的特殊家境，请她们在生活和学习上对李月月多加关照，留心孩子的情绪变化，关注孩子的心理健康。沟通完毕后，李银江又回到女生宿舍，把自己的电话号码告诉李月月，跟她说："以后我就是你的家长，遇到困难就拨这个号码。"从此李月月有了新家长。

李银江这个家长很称职，每学期都准时到校参加家长会，一米七个头的李银江坐在李月月的座位上，认真翻看李月月留下的作业本，在李月月的每张考试卷上签上自己的名字，别的家长都走了，他还留在教室里向李月月的班主任问这问那，问李月月上课时表现，听课认不认真，回答问题积极不积极，每天精神状态怎么样，和同学们相处怎么样，饭量如何……他是所有家长中问问题最多最细致的一位，给班主任留下了深刻的印象，平时给班主任打电话也最多。

当李银江看到月月数学成绩下滑时，非常着急，担心自己辅导不够专业，就专门从桂五镇中学请了一位数学老师给李月月辅导，直到她的数学成绩稳定提高才作罢。学校放假的时候，李银江把她接到敬老院里或者家里，陪她说话，陪她看电视，和她聊积极向上正能量的话题，慢慢引导她一步步走出刑事案件的阴影。

三年过去了，李月月成为一个阳光开朗的女孩，学习成绩也很好，顺利进入高等学府深造，大学毕业后，成了盐城一家品牌幼儿园的教师。每年春节，李月月都要回到桂五镇看望"爸爸"李银江。

桂五镇林山村新民组的杨正红、杨正芳、杨正霞三姐妹是远近皆知的"苦菜花"，父亲死于肝癌，母亲死于车祸，当时三姐妹分别为16岁、11岁、9岁。

李银江得知情况后，将三姐妹接到敬老院，给了她们一个温暖的家。一辈子无儿无女的老人们把三姐妹当成亲孙女，疼爱有加，把好吃的都留给她们吃。李银江给她们添置新衣、增加营养、辅导功课、开家长会……利用休息时间把她们带到家里，和她们一起做游戏、看电视、包饺子，让她们感受到家庭的温暖。

在三姐妹的心目中，李爸爸"可亲可爱可敬"，"亲生父母去世后，是李爸爸的爱给了我们家的温暖。我们虽然是孤儿，但有李爸爸，我们不孤单。"大姐杨正红的话表达了三姐妹的共同心声。

杨家三姐妹从学校毕业后，都在仪征化纤公司工作，也都结婚成家，有了各自的宝宝。每年大年初二，三姐妹携家带口回到桂五镇看望李爸爸，这是李银江最开心的时候，他以一个慈祥老父亲的模样坐在她们中间，看着她们脸上洋溢的笑容，听着她们自信的话语，知道她们每一个都拥有一份笃定的幸福，心里盛满了欢喜。

"爸，今天心情高兴，多喝一点。"小妹杨正霞说。

"爸岁数大了，还是少喝一点好。"大姐杨正红说。

"爸，您少操点心呀，多注意休息。"二姐杨正芳说。

李银江红光满面，说道："爸没事儿，看到你们一个个过得好，爸就放心了。"

"终于放假啦，回家啦，回家啦！"东南大学校园里到处可以听到同学们兴高采烈的欢呼声。勤奋苦读一学期，终于可以回家陪伴爸爸妈妈了，天之骄子们难以掩饰心头的喜悦。

"马上可以吃到妈妈做的红烧排骨啦！"

"我最喜欢吃老爸做的回锅肉和酸菜鱼，哎呀，一提口水都要流出来了。"

"我想念家乡的热干面，浓浓的故乡味啊，这次回去我一定要吃个够。"

"老山城火锅，那才叫过瘾！"

王峰的同学来自全国各地，听着舍友们七嘴八舌的声音，王峰默默地收拾着行李，他的心儿也飞到了远方的家。与同学们不同的是，他的家在桂五镇敬老院，那里有李爸爸，有一大群真心疼爱他的爷爷奶奶。一周前，叔叔和婶娘也跟他打了招呼，希望王峰放假以后到他们家去，可是王峰拒绝了。

相较叔叔家，王峰更想去敬老院过暑假。

"敬老院更有家的氛围，在这里，我感到自由自在，李爸爸，爷爷奶奶们，都是我的亲人。"王峰说。

王峰是桂五镇东园村岗头组人，2008年，他的父亲因为患了肝癌不幸去世，留下他和妈妈相依为命。王峰很争气，学习刻苦用功，成绩非常优异，母子俩憧憬着美好的未来。尤其是王峰母亲，这位中年丧夫的苦命女人，因儿子的优秀摆脱了阴影，脸上重新焕发出光彩。她平时辛苦种地，农闲时出去打短工，拌水泥、搬运钢筋、砖头、提灰桶……什么脏活累活都做，比男人还能吃苦。高考那年，王峰考取名牌大学的消息传来，母亲喜极而泣，她当时正在工地上干活，眼泪一滴一滴落在脚下的灰泥里，她干脆蹲下来，任泪水欢快地长流，心里积蓄着的翻江倒海般的情绪顺着泪水一并宣泄了出来。

"峰爸呀，孩子终于出息啦，你在九泉之下安息吧。"母亲喃喃自语道。

为了给王峰攒学费和生活费，买电脑、买手机，这个女人打了几份工，忙得连轴转，身体出现异常都顾不上去医院检查，因为她心里排斥医院和医生，害怕花钱。她想把每一分钱都花在儿子身上，自己能省则省，几乎从不炒熟菜吃，平时只吃咸菜，只在王峰回家时才买点肉和菜。长期过度劳累加上营养不良，导致她患上了不治之症。为了不影响王峰的学业，她把患病的消息隐瞒了下来，也没有去住院治疗，疼痛难忍时就吃点止疼药。王峰打电话问候时，她强颜欢笑，告诉儿子一切都好。在临死前一个月，她异常地思念儿子，抑制不住思念的潮水时，她会给儿子打电话。因为打得有点勤，引起了王峰的怀疑，他问妈妈"是不是有什么事瞒着他"，吓得她不敢再打了。

2012年的一天，正在上课的王峰接到噩耗，妈妈去世了。王峰如雷轰顶，根本不相信，大脑瞬间陷入一片空白，直到赶到老家，看到堂屋地上躺着的妈妈的遗体时，他才意识到永远失去了最亲爱的妈妈。他扑倒在妈妈身上，撕心裂肺地叫喊，观者无不垂泪。

李银江亲自替他料理了母亲的丧事。短短的几天近距离相处，王峰对李叔叔产生了依恋之情，李叔叔宅心仁厚，话语亲切。当李银江邀请他去敬老院生活时，王峰毫不犹豫地一口答应了。

敬老院里的五保户们把王峰当亲孙子看待，争相对王峰好。

"敬老院里面的爷爷奶奶对我比爸妈还好，他们经常将县里、镇里慰问送来的好吃的东西留给我，有时见我胃口不好，晚上还给我开小灶。"王峰说。

李银江不仅关心王峰的生活，还关心他的学业，及时了解他在校的学习情况，鼓励他好好学习，报效祖国。

"如果有一天我能够成功地实现我的价值，我要报答李院长，我要帮助别人，帮助别人才是最快乐的事情。只想着自己，只为自己活着，真的不快乐，我帮助不了比我强的人，就帮助比我弱的人。"已经成为东南大学研究生的王峰郑重地告诉自己。

奔涌吧，后浪！

李银江工资并不高，为了帮助困难群体，自己只能省吃俭用，穿的衣服很少有超过200元钱的。一件衣服总是穿了又穿。在很多场合，领奖啦，做报告啦，穿的都是同一身衣服。李银江还有一个省钱的办法，就是远离各种需要花钱的嗜好。他的唯一嗜好就是读书看报学习，时刻不忘给自己充电。正因为这样，他才懂得很多东西。跟他聊天，你会惊讶于他知识面的丰富，了解到他对共产党员初心和使命的深刻认识，由此你会感叹，怪不得他会有无比广阔的胸襟，怪不得他的身上永远散发着大爱的芬芳。

有一回他对电视台节目主持人说："我还有一个名字，叫共产党员。"这句朴实的话语是李银江几十年如一日舍小家为大家、为家乡人民排忧解难的动力之源。他一直保持着共产党员的初心。有"初心"的温润滋养，他对人民的大爱才永不枯竭。李银江喜欢一句名言：一个人爱的最高境界是爱别人，一个共产党员爱的最高境界是爱人民。李银江以无私奉献的精神，谱出了一首爱的绝唱，令人敬仰。

以李银江为原型创作的八幕现代扬剧《李银江》，是江苏省演艺集团扬剧团首部获得国家艺术基金资助的项目，饰演李银江的演员在回首自己的扬剧从艺之路时感慨道，演这部戏是他的高光时刻，李银江激发了他的创作冲动和欲望。此剧在南京理工大学艺术交流中心首演时，在场观众无不被李银江的故事和高贵品质深深打动。

4 没有任何借口

中国有一句骂人最狠毒的话，是"扒你家祖坟"。老百姓认为，扒祖坟意味着风水被破坏，会导致家道败落，是不共戴天之仇，但随着国家土地资源越来越紧张，各地农村建设进行得如火如荼，祖坟拆迁便成了在所难免的事情，近年来，有不少地方因祖坟拆迁造成群体性事件，影响了社会的和谐稳定。

2011年，桂五镇党委、政府引进了五亿元的中节能光伏太阳能发电项目，这个项目开发成功后，每年将为桂五镇产生四五百万元的税收，还有几百万元土地租金，镇党委、政府对这个项目十分看重。

建立光伏发电站需要征用桂五镇石鼓山的部分山区土地，在石鼓山上分布了大大小小三百五十七座桂五镇辖区逝者的坟茔，投资商要求在两个月之内全部迁走，不能影响工期。拆坟工作牵扯到好几百个家庭，难度非常大。镇党委、政府经过开会研究，把迁坟工作交给了李银江。

刚接到这个任务时，说实话，李银江心里还是有一点打怵的，但他义无反顾地一口答应了下来。李银江是农民出身，又长期在农村工作，整天与农民兄弟打交道，太知道这个工作将会遇到多么巨大的阻力了。挖人家祖坟？搞不好人家会跟你拼命啊！但是，作为一名共产党员，就应该是随时待命的螺丝钉，不能有任何借口。服从命令听指挥是天职。再说，领导第一个想到他，也是对自己莫大的信任和认可，自己不能辜负组织的信任。

回到家里，李银江紧蹙眉头，一言不发，苦苦思索着良策。

"老李，这个项目是咱桂五镇的'金砣砣'，能让桂五镇变富变美，无论如何不能放弃啊。你的担子很重。工作方法很重要，耐心和细心同样重要，老百姓的思想工作做通了以后，服务保障工作还要跟上。"镇领导的话语犹在耳边，李银江忘不了领导望向他的殷切目光。

妻子韩素珍凭直觉猜到丈夫在工作中遇到了不同寻常的困难，以前丈夫接到新任务总是表现得很兴奋，他是那种越有挑战干起来越带劲的人。

"碰到'硬骨头'了？"韩素珍问。她有点好奇，难得看到李银江愁眉紧锁的，到底什么事让他坐立不安？

"素珍，如果有人扒你家祖坟，你会怎么样？"李银江先在妻子这里试水，探探"民意"。

"真有这事？前几天我就听到有人议论，还以为瞎说的呢，看来真是应了那句话，没有不透风的墙。"韩素珍说。

"怎么议论的？"李银江赶忙问道。

"说啥的都有。活人跟死人争地啦，逼着大家做不孝子啦，还有人说挖祖坟就是挖根、断地气，对祖宗大不敬，天都不应。什么难听的话都有，'人家祖坟都惦记上了，就不怕遭天谴。'反正，大家都强烈反对迁坟。"韩素珍突然想到什么，问丈夫："领导把迁坟工作安排给你了？"

李银江默默地点点头。

妻子刚才那一番话让他的心更加沉重。

"要我说，你就不该答应。"韩素珍还是头一回说这种话。

"古人有句俗话：要得穷，挖祖宗。可见祖坟是挖不得的。百善孝为先，民风民俗要尊重。人家说得有道理嘛，逝者为大，活人怎可与死人争地？都乡里乡亲的，抬头不见低头见，你挖人家祖坟，连我出门都怕别人戳脊梁骨咧。"韩素珍接着又说道。

"素珍，我问你，是桂五镇的发展重要，还是民俗重要？大家不想过上好日子吗？是迁坟又不是扒了坟不管不问！以前皇帝还迁都呢。把祖坟统一迁到公墓里，相当于搬进集中居住点，有专人照料、搞卫生。植被少，不易引起森林火灾。公墓离大路近，里面路也好，以后祭祀方便，不会再像以前那样下雨天踩两脚泥水。公墓所在地风水也好，背山面水，另外迁坟有补偿……"李银江讲了一番道理。

"你说得这么好听，等去做的时候，就知道了，不会有人支持的。"素珍打断了他的话。

李银江几乎一夜无眠。

第二天一大早，李银江骑上他的老凤凰牌自行车，去了石鼓山。

李银江独自在山上转圈，一座一座清点坟墓数目，之前提到的坟墓总数三百五十七就是李银江这么数来的。

每座坟墓都牵涉到一个家庭，几百个家庭，要挨家挨户做工作。下山以后，李银江去了离得最近的一家。敲开门刚说明来意，就被人家"嘭"的一声关在门外了，李银江清楚地记得，那人关门时嘴里还说了一句："还有比扒人祖坟更损的事吗？"

敲开第二家门时，听说要拆祖坟，对方眼睛瞪得比牛眼还大："天哪，真的假的？"

"真的，都是为了桂五镇的发展，老百姓过上好日子。"李银江赶紧回答道。

对方直接来一句："为了我自己过上好日子，连老祖宗都不敬了？共产党咋能做出这种事？"

李银江刚要解释，对方已经把门关上了。

第三家做法也差不多，草草几句话就把大铁门"咣"的一声关上了，只听到院子里的狗还在狂吠。第三家的理由是，当初埋人时，是花钱请的最好的风水师父，择的吉日吉时下葬的，绝不能折腾！

第四家比较客气，把李银江请进堂屋里说话。提到迁坟，对方变了脸色，扶了扶老花镜，正色道："家族福地岂可乱动？"读过私塾的老人家问李银江，可听说过流传民间的俗语"切莫迁坟，十迁九败"？

"这是老祖宗的经验之谈，其中大有玄机。"接着老人家耐心地给李银江上了一堂国学课。

李银江跑了一天一无所获。当时正是高温天气，被晒了一天的李银江又累又饿，却吃不下饭，睡不着觉，大脑里一直盘旋着拆坟的事情。想到一些人的恶言恶语，他的眼泪掉了下来。他觉得自己可能操之过急了，在大家还没有思想准备的情况下，就突兀地提出迁坟，有些过激反应也是在所难免的。当务之急是先做好舆论宣传工作。他把想法连夜向领导作了汇报，领导表示支持。第二天，各村都响起了大喇叭，张贴了告示，每家每户都领到了一张宣传单。所有宣传工具都指向一点，积极宣传迁坟工作的重要性、必要性和紧迫性，切实做到家喻户晓、人人皆知。李银江继续实行"面对面"动员的方式，给坟主讲清、讲深、讲透政策。经过一番努力，有一部分坟主开始转变观念接受了迁坟这项工作。

有两个坟主，让李银江伤透了脑筋，跑断了腿。

在三百五十七座坟中，有六座是李俊家的，有李俊的祖父母、父母、伯父母。

李俊可不是一般人，是盱眙县赫赫有名的人物。家里有钱，在城里做大生意。他的威名主要来自于他做下的一件令桂五镇所有人瞠目的事情。据说当时李俊认为桂五镇镇长办事不妥，居然在暴怒之下，堂而皇之地把镇长给打了！你没看错，是把镇政府一把手打了，镇长这个职位放在国家层面看，不大，但是放到一个镇，那可就大到天上去了，是一人之下万人之上，很多人巴结还来不及呢，他居然敢动手，这是吃了熊心豹子胆吧？镇长到底有没有错，其间是是非非已无从考证，但李俊打镇长的名声是传出去了，让他这个人一下子成为"传说中的大哥"，赢得一帮小兄弟拥戴。如果能"拿下"李俊这条大鱼，下面的事儿就好办了。李俊的影响力那不是"盖"的。

李银江跑了李俊老家好几趟，都没有见到李俊本人，在家留守人员只回一句话："我们做不了主，你找李俊。"

"老大哎，石鼓山招商引资开发，要迁坟，有你家六座，你有空回来看看啊。"李银江礼数周全。

"银江你啥意思？"隔着电话，李银江仿佛看到对方一脸的愠怒。

"哎哎哎，老大啊，是这样啊……"李银江向李俊倾力宣传迁坟对桂五镇经济发展的重要性。他相信做生意的李俊比其他人更懂得其中的意义。他还有一个直觉，李俊长期待在城里，接受新思想比较多，眼界比一般人开阔，加上年龄也不是很大，身上背负的传统思想包袱可能不会很重。凭他对李俊的了解，此人更看重"义气"二字。这也是混江湖混生意场人的普遍共性。下一步怎么做工作他也已经有了计划。

"不管怎么样，老大你先来家一趟，我们谈谈。"李银江一直礼数有加，尊敬之至。

李俊是识时务的人，他知道迁坟是趋势，是不可阻挡的潮流，他早注意到其他省份和城市关于迁坟的新闻。这件事他绕不过去，迟早得面对。他也是喜欢快刀斩乱麻的人，沉吟了一会儿，告诉李银江，这两天把手头事情处理好了，就回一趟桂五镇。

过了两天，李俊果然打电话给李银江，说："今天早上我回去。"

"好咧，我在供仙阁等你！"李银江有点小激动。他挂了电话后，又立即打起了电话，打给供仙阁饭店，在这当地最好的酒店，订了最豪华的包间，又打给李俊的三个同学、三个亲戚，请他们中午陪李俊喝酒。李银江准备了最好的酒。

酒喝到半酣，李银江站起来，手里端着满满一杯酒，看着李俊，语气诚挚，说道："老大哎，在家靠父母，出门靠朋友，政府把迁坟这项任务压到我头上，我数过了，总共三百五十七座，你家最多，一共六座，你能不能带个头呢？今天我把你同学请来了，把你表弟、姨弟、堂舅也请来了，目的就是一个，就是想请你给老弟一个面子。怎么办呢？我们都姓李，你爷爷奶奶跟我爷爷奶奶一样，你的父母跟我父母一样，你的大爷大妈跟我的大爷大妈一样，对于这项工作，我们带个头，好不好？"

李俊也站起来，说道："你都这样说了，怎么弄呢？我生意忙，那这样，明天一早就动手！"

李银江咕咚一声喝干了杯中酒，李俊也一饮而尽。

李银江心里那个乐啊。

李银江连夜准备好了挖掘机，又从敬老院里挑了几个年纪不算太大的、有把子力气的老人，交代他们第二天早起，和他一起去掘坟。这种"掘人祖坟"的事儿，出再多钱也不容易在社会上请到人干，认为会对子孙后代带来不吉利，而无儿无女的五保老人就没有这个忌讳了。

第二天他们起了个大早，赶到了石鼓山墓地。

找到属于李俊家的那六处坟茔，李俊已在此等候。

黄色挖掘机开始启动，"轰隆隆"的巨响打破了石鼓山的静谧，只几下就把坟包挖开了。几个人小心翼翼地扒出棺材，用力打开盖，一股刺鼻的味道扑面而来，李银江强行忍住胃里的翻江倒海，跳进了棺材里，和李俊一道儿一块一块捡起遗骨，放进了骨灰盒。有几块长的遗骨，没有朽坏，装不进骨灰盒，就用被面包裹好。

六个骨灰盒，李俊一个人捧不了，李银江说："老大，你把你大大、妈妈捧着，我捧余下四个！"两个人捧着六个骨灰盒，来到镇上新建的公墓地，把六个骨灰盒重新安葬了下去。

事情完毕之后，李俊感慨地说："李老大，你这样的工作作风真是没说的，我这样的难缠户都迁了坟，看看下面还有谁会不肯迁坟？"

岳朝明坟墓的搬迁也费了李银江好大劲儿。

退伍军人岳朝明生前给桂五米厂开车，2010年在一次交通事故中不幸身亡，安葬在石鼓山，岳家对迁坟工作很有抵触。

"李主任啊，岳朝明他去世还不满两年，尸骨未寒呐，你们现在就要动他的坟，会让他魂灵不得安生啊！我识字不多，文化水平低，但是老祖宗留下的规矩总不能破吧？我们一家还没完全走出痛苦，你们又给补上一刀，叫我们还怎么活呀？"岳朝明的老婆"噗通"一声跪在李银江面前，哭成泪人，她还披头散发的，不停地以脑袋磕地。

"老妹，老妹，我理解你的心情……"李银江含泪扶起她，难过得说不出话来。他能想象出一个寡妇拉扯孩子过日子的艰难。见她

211

情绪实在激动，李银江决定缓一缓。

过了几天，李银江再次登上岳家门，岳朝明老婆依然不同意迁坟，她说来说去，就那几句车轱辘话，动坟会让尸骨未寒的岳朝明魂灵不安。

"他本来就是凶死的，已经受了很大的惊吓，好不容易入土为安了，又搅扰他，于心何忍呐。"岳朝明的老婆说着说着眼泪又流了出来。

她的眼睛仿佛泉眼似的，动不动就泪流不止。

李银江掏出纸巾递给她擦眼泪，心里犯愁，这可难办啊。

李银江没有气馁，第三次登门，劝说道："老妹，你也想孩子们以后过上好日子吧？我想岳朝明在天之灵也会这么想，他是军人，觉悟高，他也爱你和孩子，肯定希望你和孩子都过上富裕的生活。政府这次开发的太阳能项目，就是为老百姓造福的。它能给老百姓带来很大的福利。我想岳朝明在天之灵会支持的。"

见岳朝明的老婆态度有所松动，李银江趁热打铁，说道："迁坟的具体事情不要您操心，您只要站在一旁指挥就行了，事情我来做，如果有做得不好的地方，您就告诉我，我马上改正。"

好说歹说，岳朝明的老婆终于同意了。

帮岳家迁坟时，突然下起了大雨，其时正处于七八月份，高温多雨，天气说变就变，刚刚还是烈日炎炎似火烧，顷刻间大雨倾盆如瀑浇，石鼓山山路的泥泞把李银江染成了泥猴儿。他还得照顾岳朝明的老婆，这个苦命的女人重见亡夫的遗骨，早就哭得瘫软在地，连站都站不起来了。

李银江只用了五十六天的时间，就将三百五十七座坟墓全部迁出了，赢得了开发商的点赞，对方激动地说，桂五镇的服务意识强，工作效率高，以后会介绍他的商界朋友们来桂五镇开发投资。

镇党委、镇政府领导也表扬李银江："迁了三百五十七座坟，没闹出矛盾，没有一家上访，没有一家到镇政府闹事，没有一家要额外补贴，没有一个人说李银江一个不字，做到这一点太不容易了，老李做群众思想工作那是杠杠的。"

李银江说，他做思想工作不会漏掉一个家庭成员，不管他兄弟姊妹六个还是八个，不达到人人同意，他就不会迁。农村人口多，家庭关系复杂，又是不同寻常的迁祖坟工作，有一个家人不同意，都不能轻举妄动。农村人有个传统思想，认为动祖坟对子孙后代不好，甚至认为会给后代带来血光之灾、性命之虞，所以得把思想工作做细、做深，绝不能硬来，挖掘机响那一下子容易，但带来的可能是无穷无尽的后患，和你结下深仇大恨都有可能。在各地出现的迁坟案件中，杀人放火的报复都有。李银江也表达了对家乡人民的感激之情："我也要感谢乡亲们的深明大义，感谢他们对我工作的理解和支持！"

后来桂五镇开发林山，李银江又接到镇政府给的工作任务——迁坟。这回任务更重，要迁走六千亩山头上分布的八百六十四座坟！李银江欣然接受了任务，有了上一次的经验，他心里已经有底了。他带着原班人马如期完成任务。别的地方需要一个团队完成的事儿，李银江只带几个五保老人就完成了，正应了乡亲们评价他的那句话：这世上就没有能把他李银江难倒的事儿！

5 洪水无情人有情

盱眙县地处淮河主干下游,是淮河的"洪水走廊",浩浩荡荡的淮河水从这里进入洪泽湖。由于淮河上下游地理落差大,加上洪泽湖是"地上悬湖",导致盱眙成为淮河水灾频发之地。

如今盱眙县上了年纪的人,都不会忘记1991年那场特大洪水。据有关资料记载:6月11日到14日四天降雨196毫米,局部降雨280毫米,在盱眙的历史上实属罕见。6月29日到7月9日,连降五场暴雨,盱眙降雨量高达620.5毫米,相当于常年的七倍。

洪水肆虐,大量秋熟农作物受淹,畜禽淹死,瓜果蔬菜烂掉,道路严重损坏,民房垮塌。这场洪涝灾害给尚处于贫困县的盱眙造成了高达四亿元的直接经济损失。按当时物价指数计算,这个损失是惊人的天文数字。一方有难八方支援,一批批救灾物资到达盱眙县,又迅速发放到各个乡镇。如何分配救灾款物,成为摆在大家面前的一个问题。不要小瞧了这个问题,它可以直接影响到灾区的人心安定和社会稳定。李银江提出,不能光听汇报,要实地核查,按照实际的受灾情况合理分配。李银江之所以这样做,出于如下两点考虑：第一，担心出现"优亲厚友"现象；第二，担心有水分，虚报数字。李银江自告奋勇，亲自去各村核查灾情。

当时桂五镇下辖十四个村子，为抓紧时间，李银江早上四点半就出发了，他到村到户逐一进行核查，一一记录受灾情况：房屋倒塌多少间，农田被毁多少亩……这样一来杜绝了虚报、漏报的情况，做到了实事求是，救灾款物投放到了真正需要的农户手中。事后，还实行了张榜公布，接受广大村民的监督，坚持了公开、公正、公平的原则。

为了让受困民众尽快领到救灾款物，李银江提出采取"边核灾，边分配"的办法，一经核实准确的受灾户，马上可以领到救灾款物。这种办法受到了省灾情核查组的充分肯定，李银江也被评为县抗洪救灾先进个人。

"一辆自行车骑行了200多公里，桂五镇的每一个角落都留下了他的足迹。"一家大报记者这样报道。

洪涝后的乡村，路况惨不忍睹，自行车车轮不时陷进积水坑里，李银江裤子上溅满了斑斑泥点，查看灾情时，他的鞋子一次次踩到薄泥洼，不仅弄脏了，还几乎湿透了，晚上回家洗脚时，发现脚底板被水泡得发白发紫，起了层层皱褶，像巨大的马蜂窝。

"一天下来疲惫不堪，双脚都没有知觉了。"李银江说。

在变化多端的天气面前，淮河水每过几年就泛滥一次，考验着淮河流域的人民。

2003年，盱眙再次遭受洪涝灾害。李银江被调配到兴隆乡兴隆小学安置点，负责二百三十八位受困民众的吃喝拉撒。

每天早晨五点开始，李银江就开始起床忙碌，一直忙到午夜时分，才结束一天的工作。

安置工作非常烦琐：受困民众的接纳登记、床位安置、食品发放、生病救治、心理辅导，安置点的秩序维持、安全保障、卫生保洁、水电配备……

"在洪水退去之前，安置点就是受困民众临时的家，要让他们感受到家的温暖。"李银江说，"有的人父母在外地打工，有的人是空巢老人，他们都需要特别关注、关爱。有的人家里遭受了巨大的损失，承包的鱼塘里的鱼全被洪水冲走了，有的人家里养的几百只鸡鸭被淹死了，他们的情绪很不稳定，需要安抚。有的人因为遭受雨淋生病了，感冒发烧腹痛腹泻，都要及时请医生看。"

李银江就像一位不知疲倦的"大家长"，一直坚守在岗位上，眼睛里常常布满了血丝，人也变得又黑又瘦。汛期持续了二十二天，李银江始终奋战在第一线，连端午节也没有回家。

6 随时待命的螺丝钉

人生五大事，吃喝拉撒睡，其中两件事，是在厕所里完成的。厕所说起来算不上什么，但绝对不容忽视。农村卫生环境差，尤其是厕所，往往没有下足之处，所以很有必要来一场"厕所革命"。

所谓"厕所革命"，指的是对发展中国家的厕所进行改造的一项举措，最早由联合国儿童基金会提出，厕所是衡量文明的重要标志，改善厕所卫生状况直接关系到这些国家人民的健康和环境状况。联合国千年发展目标 2012 报告指出："发展中地区将近一半人口（25亿）仍无法获得改善的卫生设施。""到 2015 年，全球（基础卫生设施）也将只能有 67% 的覆盖率，远低于实现千年发展目标所需的 75% 覆盖率。"

农村改厕看似小事，却连着大民生，关系到大文明，要不断提高政治判断力、政治领悟力、政治执行力，充分尊重农民意愿，提高农村改厕工作的质量和水平，切实增强农民群众的幸福感、满意度。农村改厕，要聚焦重点难点，分类施策、精准发力，稳步提高入户率、接管率、处理率、维护率，高水平高质量完成农村改厕重点任务，持续巩固拓展农村改厕成果。

前些年，经常看到报道说，城里媳妇不愿意到农村去，因为受不了脏乱差，受不了没有抽水马桶的痛苦。

党的十八大以来，中央对"厕所革命"这项基础性民生工作高度重视，并强调，"厕所问题不是小事情，是城乡文明建设的重要方面，不但景区、城市要抓，农村也要抓，要把这项工作作为乡村振兴战略的一项具体工作来推进，努力补齐这块影响群众生活品质的短板。"从景区扩展到全域、从城市扩展到农村、从数量增加到质量提升，中国"厕所革命"不断向纵深发展，广大城乡的公共厕所大都面貌一新。

2005年前后，桂五镇政府的公用厕所，除了镇政府工作人员使用外，附近的商户、住户也在使用，如厕人数众多。打扫厕所可不是好活，有时出钱也请不到人做，厕所环境非常差，给大家造成了诸多不便，招来了许多抱怨。

一天早上，上厕所的人们突然发现。厕所一下子变得干净了，于是纷纷猜测，是不是终于请到了保洁人员？

第二天，有人来得早，看到李银江拿着扫帚，拎着水桶，默默地清扫着便池，还喷洒药水。

李银江居然在打扫厕所？大家简直不敢相信自己的眼睛，李银江可是干部，怎么可能打扫厕所呢？然而事实就是如此。从那时候起，李银江主动当起了"所长"，到2008年，四年的时间，不管春秋冬夏，不管刮风下雨，始终坚持义务打扫镇政府的公用厕所，直到聘请了专职的保洁人员，他才结束这份"兼职"。

李银江把敬老院里的老人当父母侍奉，对自己的亲生父母，却没有时间陪伴照顾。毕竟人的时间和精力是有限的。难能可贵的是，父母理解他，除了刚开始有些想不通，后来再没有责怪过。李银江的父母都是非常善良的人，他们将心比心，体恤孤寡老人，也体谅儿子的难处和辛苦，他要管那么多老人的吃喝拉撒、求医问药，担子已经够重的了。儿子那么忙碌，两位老人只觉得心疼，常提醒他"注意休息、保重身体"，还让李银江不要牵挂他们，"我们有你弟弟照顾，你就放心吧。"父母一直跟着弟弟一家生活，李银江心里感激，知道自己之所以能心无旁骛地忙工作，也离不开弟弟和弟媳的理解支持。如果不是弟弟和弟媳照顾父母，他哪有条件一心扑在工作上？

有件事李银江一想起来心就痛，有时半夜里痛醒，再也睡不着，眼泪扑簌簌地流，怕惊醒了妻子，于是就把头蒙在被子里。有一回哭声太大，妻子被吵醒了，吓了一跳，连忙问怎么啦？李银江半天止住哭声，说，一想起父亲去世的时候，自己不在身边，没有在老人家临终前，看他最后一眼，心就拧着疼。他自言自语道："我是长子，真不知道爸爸是带着什么心情走的……他老人家一定伤心失望极了——我这个儿子太不孝了——"

妻子红了眼圈，劝道："别自责了，知子莫若父，他老人家会理解你的，知道你太忙了。"

李银江平时忙到什么程度呢？韩素珍说，平时由于丈夫工作繁忙，一家人难得坐下来一起吃顿饭，常常饭吃到一半，丈夫的手机就响了，找他的有敬老院的老人，有伤残军人，有生活困难的村民，每次遇到这种情况，丈夫几乎都立刻赶去处理，一起吃个团圆饭都很困难。

韩素珍对李银江的工作给予了无条件的支持。她和李银江一样，有一颗博大的爱心。李银江做困难群体的救助工作，服务对象是经济状态、身体状态、精神状态、劳动能力四者必有其一存在重大问题的普通老百姓,他们无权无势无钱无体力,工作干得再好,李银江都不可能从他们身上得到什么世俗意义上的好处。老实说,桂五镇民政工作干得好,大家不仅对李银江院长本人产生深深的敬意,也对桂五镇党委、政府的历届领导充满了崇敬之心,没有他们的支持,李银江一个人的想法很难实现。比如在敬老院建卫生室,在院里办"农疗园"、建老年活动中心等。这些领导是真正爱民的,不是把"为人民服务"挂在嘴上的。桂五镇的老百姓太幸福了!同时,我们也必须向李银江的妻子韩素珍致敬!摊上李银江这样一个大公无私的丈夫,做妻子的需要有强大的内心,无比包容的心态。

有一回,韩素珍一连几天头晕、恶心,实在扛不住了,给李银江打电话,希望丈夫带自己去医院看看。李银江却回复道:"我太忙了,你自己去医院吧,挂瓶水。"李银江当时在忙什么呢?他在忙着送别人去医院。原来敬老院里的刘俊美癫痫病发作了,口吐白沫,情况紧急,李银江连忙雇了一辆三轮车,把刘俊美送进了医院,给她挂号、检查、拿药,还办理了住院手续。他忙前忙后的身影,恰巧被韩素珍看到了。自己孤零零一个人,丈夫却为别人忙得满头大汗,韩素珍长长叹了一口气。

韩素珍的眩晕症越来越严重,检查结果显示,她的脑血管已经堵塞到需要上支架的程度。从手术的级别、靶器官的重要性、术前评估的复杂性,以及手术操作的难度来讲,脑血管支架手术是大手术。神经外科的手术一共分为四级,从一到四级难度逐渐增加。脑血管放支架是四级手术,所以从手术级别来讲是当之无愧的大手术。神经系统是人体的重要器官,一旦脑血管发生异常,可能会致死或者致残,所以从手术的靶器官来讲脑血管放支架也是大型手术。

这么大的手术,李银江居然把她一个人撂在了医院,没有亲自陪护,只请来护工照顾,他又去忙他的工作了。

这回韩素珍心里产生了别样的滋味。看着同病房病人享受到家人的关爱,她悄悄流下了眼泪,并想了很多:她有一个最会照顾人的丈夫,自己在最难的时候却没有享受到他端茶倒水。她有一个最会安慰人的丈夫,在自己九死一生的时候,他却不在身旁。万一自己死了,连看他最后一眼的机会都没有,连一句交代的话都没有机会说。他紧紧抓住过很多临终老人的手,如果自己出了意外,去握谁的手?握毫无血缘关系的护工的手吗?

韩素珍擦了擦眼泪,自己胡思乱想什么呢?你是谁?你是李银江的妻子啊!你平时不是为丈夫感到自豪吗?为丈夫的大义大爱自豪,为他心系困难群众自豪,为他被称为桂五镇的"110"自豪,在关键时刻,自己怎么能心生怨意呢?他给自己找了最专业的护工,才放心地去忙了,他在忙的时候也一定会想着自己的。他的心肠对外人都那么软,怎么会不心疼自己做手术的妻子?医生跟他说,这个手术创面小,是微创手术,只需要在很小的血管上穿刺伤口,全程在导管内进行,患者的损伤很小,加上你身体素质好,所以他才那么放心地把你交给外人看护。不要多想了,多想就是不信任他。夫妻之间最重要的就是信任。他那么忙,身上的担子那么重,那么多人需要他帮助,他在做善事、好事,任何时候都不能拖他的后腿。既然做了李银江的妻子,就应该做好榜样,做大气的女人。小家子气不好!

想到这里,韩素珍为先前对丈夫生出的一丝怨意而感到难为情,不由得笑了起来。她突然非常非常想他,好想听到他的声音啊,只要听到他的声音,她的心就能马上静下来。这时手机突然响了起来,韩素珍心里一震,一定是他打来的,真是心有灵犀啊!韩素珍感动得掉下了眼泪,这一次是幸福激动的泪水。耳朵贴近手机,熟悉的声音传了过来:"素珍,很好吧?"

"嗯嗯，很好！我很好！银江，你忙你的吧，不要牵挂我！我一切都很好！护工小李很会照顾人，很细致。你放心！你要注意身体啊，不要忙坏了身子。"韩素珍心里暖洋洋的，那一刻，她的声音格外温柔，甚至流露出小女孩样的娇羞，简直就像热恋中的人。

李银江说得对，如果给他打80分，那么60分是素珍的功劳。

第十章 老支书精神

1 四桥村的领头人

1984年、1999年，李银江曾两次担任四桥村党支部书记，第一次担任村支书，刚过一年多时间，李银江就被村民们亲切地称为"光明使者"。

电给人类生活带来很多方便，我们可以想象一下，如果没有电，将会是怎样的一种情景？电脑无法使用，电话打不出去，买不了机票车票，冰箱里的食物无法保存。至于灯，自然也是打不开的。可以说，现代人的衣食住行，几乎都离不开电。

20世纪80年代，在城里，电的使用已经比较普遍了，然而在农村，尤其是苏北农村，电还是稀缺资源。

那个时候，农村人对于电的依赖，还没有现在这么强烈，电视机、电冰箱、洗衣机，对于普通老百姓来说，都是奢侈品，但照明是需要的，不能天一黑就上床睡觉吧？我的老家架了电线，但经常停电，点蜡烛费用太高，大家就使用煤油灯，不过煤油是紧缺产品，不能敞开供应。我父亲曾在村里的双代店工作，后来双代店取消了，盘下来成了自家的小店。我还清楚地记得，煤油到货时，小店外立马排起了长长的队伍，那种热闹的场景，早些年买火车票时见过，前几年购房摇号时也曾见过。

在我的老家，四十年前虽然经常停电，但总算用上了电，而在桂五镇四桥村，用电还是一种奢望。

现在的四桥村人，说到没有电的日子，依然感慨颇多。20世纪80年代初，四桥村由于没有电，晚上孩子写作业，只能就着煤油灯，脸烤得很烫，甚至会被油烟熏黑了。当时城里晚上灯火通明，学生可以在电灯下学习，他们都羡慕得很，大家想象如果能够过上这种日子，就太幸福了。

四桥村人们的美好期望，在李银江手上变成了现实。

李银江担任村支书之后，先走访调研，听取大家的心声，了解到大家对于电的渴望后，下决心要把电线架起来。不过要通电，可不是一件简单的事，首先是费用问题。李银江心中早有了想法，他请村里几个实力雄厚的人支持一下，又向村民们筹集了一部分资金，费用终于有了着落。之后李银江开始跑供电公司。周边的村庄中，只有四桥村准备架电，成本比较高，供电公司不肯过来。李银江反复做工作，又向他们解释说，各村通电，是迟早的事，四桥村架电成本高一些，一旦架好线，其他村再架线就简单了。李银江动之以情，晓之以理，终于打动了供电公司的领导，他们答应过来架线了。

施工队进村，对于四桥村来说，是一件天大的事，好多人还记得当时的情景，1984年12月的一天，李银江领着一大帮人过来了，他们不停地比画着，演算着，还用仪器量来量去。

村里通电，不是一天两天的事，也不是三个月两个月的事，进行了差不多一年时间。在这期间，李银江一直在工地上忙碌着。大家忙着抬电线杆，李银江也在抬电线杆的队伍中，没想到由于走得急，不小心掉进了杆洞里，头上豆大的汗珠直往下掉。大家赶紧把他拉出来,准备送去医院,他却摆摆手,非但不去医院,连家也不肯回。虽然不能再抬电线杆,但李银江还在一旁指挥着。

还有一次,时值盛夏,酷热难耐,正午时分在太阳的炙烤下,气温迅速地飙升,由于赶工期,李银江顾不得休息,在烈日下一干就是好几个小时,最终由于失水过多,严重中暑,晕倒在村东郊小组的棉花田里,几位村民急忙把他抬到村医务室进行救治,李银江一醒来,顾不得身体虚弱,重回工地一线,继续指挥村民开展线路铺设工作。

1985年12月1日,四桥村终于通电了,有的人兴奋得睡不着觉,让灯亮了一夜。

20世纪80年代,农村人在物质上逐渐富裕起来,但精神世界还很匮乏,几乎没有什么娱乐活动,尤其没通电的农村,一到晚上大家就关门睡觉了。

那个年代,工人文化宫红火一时,它们一般建在城市最繁华的地方,成为当地的地标建筑。当时没有手机、电脑什么的,娱乐场所少,城里最好的文化娱乐场所,就是工人文化宫。文化宫设有电影院、舞厅、溜冰场,舞会每天人山人海,十分热闹,电影院晚场几乎场场爆满,需要大量安保人员维持秩序。

在城里,最红火的是工人文化宫,而在农村,最火爆的是供销社、粮管所、农机站这些地方。白天热热闹闹的,到了晚上,村里没有任何娱乐活动,李银江想,大家劳动已经很辛苦了,再没有文化活动,那怎么行呢?

他考虑一番,决定给村里买放映机放电影。

在村干部会议上,李银江提出了自己的想法,大家都觉得很惊奇,认为他异想天开。那怎么可能呢?要知道,四桥村连电都没通上呢，怎么可能放电影？村里也不是没放过电影，但那都是公社统一放的，一年也就一两次，村里自己放电影……大家都不禁摇了摇头。

"你们说，给村里放电影好不好？"李银江问道。

"好当然是好，可是并不现实啊。"有人说道。

那个时候，虽然农村生活已经好转，但也就吃得饱饭而已，精神方面，还真没什么活动。农忙时还好，大家干了一天活，累了早早地睡觉了。农闲时，偶尔打打牌，夏天乘乘凉，冬天晒晒太阳吹吹牛，实在无聊得很。至于电视机，村里电都没有，更是想都不敢想。如果真能放电影，那就太好了。以前村里偶尔放一次电影，大家就像过年一样，不论炎热的夏天，还是严寒的冬天，都早早吃了饭去占地方。

大家意见统一了，李银江开始具体实施。最难的是经费问题，李银江千方百计筹集到资金，购买了一套放映机、一台发电机，夏天农忙结束了，冬天过年前后，村里经常放电影。不光在本村放，还去周围的村庄，林山村、东园村都用这台放映机放过电影。

自从有了放映机，村民的文化生活丰富多了，让那个并不特别富裕的年代，给人们留下了许多美好的回忆，好多人说，以前很多事情都不记得了，只有看电影的经历，依然记忆犹新。

李银江两次在四桥村担任村支部书记，虽然每次时间都不太长，而且已经离开了很多年，但他依然牵挂着那儿，有什么发展的机会、合适的项目，首先想到的还是四桥村。

现在的四桥村，有几十个钢结构的蔬菜大棚，总占地面积达140多亩，这些项目，就是李银江招引过来的。

一次偶然的机会，李银江认识了李宗兵，他是桂五人，在上海经营了十多年的大棚蔬菜，做得很成功。当时淮安正在大力开展"引凤还巢"工作，尤其是盱眙，广泛开展"引凤还巢"全民创业活动，出台优惠政策，鼓励和引导在外务工及创业人员回乡创业或担任基层村干部，拓展全县全民创业之路。李银江灵机一动：不知道李宗兵愿不愿意回来创业呢？

通过与李宗兵的沟通，李银江发现，李宗兵还是有这方面意愿的。在外地打拼，毕竟远离家乡，那种思乡的情绪，挥之不去。能回到家乡，自然是再好不过了，而李宗兵回来创业，会带动村民就业，提高他们的收入，提高他们的生活水平。

不过真回来创业，李宗兵也有所顾虑，毕竟离开家乡那么多年，突然间回来，会遇到各种困难，这些困难能不能妥善解决呢？

"你放心，有什么困难我帮你！"李银江说。

就这样，经过多次的协调，2016年10月，李宗兵终于决定回乡创业了。

李银江没有食言，对李宗兵进行全方位的帮扶，李宗兵情况不熟悉，李银江帮他在村里流转了土地，一签就是十二年，建大棚种蔬菜。很快大棚建好了，种菜需要大量的劳动力，李银江说服李宗兵，优先雇佣村里的低收入者。在大棚里劳动，按小时计价，当天做事当天结账，村民的积极性都非常高。每天都有几十个人在大棚里栽种辣椒苗、西红柿苗，干得热火朝天的。这个项目，让四桥村低收入农户五十余户近二百人实现了脱贫。

"作为基层民政干部，精准扶贫，我责无旁贷。但究竟怎么扶贫，我是日思夜想。"李银江一心想着四桥村的村民。

什么样才算幸福的生活？解决温饱是前提，是最基本的，物质生活满足之后，金钱在人们的幸福指数中占比就不太高了，最主要的，是活得开心，没有什么思想负担，用最通俗的话说，就是吃得好，睡得香。在担任村支书期间，李银江还为花家解决了一个难题。

村里有个叫花某某的年轻人，平时不学好，在一次冲动之下，竟然奸污了幼女，心中害怕，逃到了外面，成为省公安厅的公开通缉逃犯。花某某一逃就是两年，在外面担惊受怕的。但潜逃在外也不是办法，李银江经常到花家，让二老劝儿子早点归案，服了刑，重新过上正常人的生活，两位老人嘴里答应着，但不见有任何行动。

1985年中秋节前夕，李银江了解到，花某某可能回家过节，决定再去他家看看。

这天晚上，正好下着大雨，李银江没闲下来，还在召集村干部开会，开完村组会，建议大家一起到花家去，看看他家的二儿子到底有没有回来，于是大家一起过去了。

"你家老二今年回来了吗？"李银江问道。

"没……没回来，公安局在抓他，他怎么敢回来呢？"花家老爷子结结巴巴地说。

"噢。"李银江应了一声，环顾四周，发现桌子上有三副碗筷。花家早已经分家了，平时就老两口居住，怎么会有三副碗筷？估计是老二回来了。李银江假装不知道，询问花家生活怎么样，还拿着手电到屋里查看。在屋东头，果然发现了花某某。花某某手持铁器，与李银江对峙了起来。

"你别过来，否则别怪我不客气。"花某某恶狠狠地说。

"外面这么多人，你觉得逃得掉吗？"李银江说。

"我不管，你赶快退出去！"花某某叫道。

"你整天这样东躲西藏的，日子好过吗？我知道你也害怕，劝你还是别再逃了，乖乖地认罪，早日服刑，早日重新做人。"李银江说，"躲得了初一，躲不了十五，与其担惊受怕地，还不如现在去自首,以后还可以踏踏实实地过日子。"

"我坐牢了,我父母怎么办?"花某某说。

"你在外面躲着,就能照顾父母了?"李银江说,"花某某,你放心去改造,父母这边我帮你照应着。"

李银江的话,句句击中了花某某,这两年,他确实也受够了。花某某的心理防线渐渐被击破了。见对方有所松动,李银江一个箭步冲上去,夺下了他手中的铁器,将其制服,扭送到了派出所。

在外躲藏提心吊胆,真正服刑了,倒有种如释重负之感。花某某说,在外潜逃时,每天心里都不安,听到李银江的劝说,终于可以放下负担了。

后来有人问李银江,对方拿着铁器,他怕不怕,李银江笑着说,自己从小就崇拜警察,那天他把自己当成了警察,觉得非常骄傲,一点都不害怕。

2 方港村的难忘岁月

2004年9月,桂五镇方港村干部变动,村党支部书记一职空缺,一时之间,找不到合适的人选,镇领导头疼得很。

村支部书记算不上什么领导干部,但也不能老空着啊,有人提议说,要不让李银江兼任支部书记?领导一听,高兴地说:"李银江?我怎么把他给忘了?"

就这样,李银江成了方港村党支部书记。

方港村选不出支部书记,其实并不奇怪,因为这个村太难了,村集体经济可以说是一塌糊涂。村里的主干道,也是唯一连结村里与外面的道路,由于年久失修,坑洼不平,根本没法走,"晴天一身土,雨天两脚泥",说的就是这样的路。方港村经济发展缓慢,有很多原因,但道路问题,是一个重要因素,严重制约着方港村的经济发展。

俗话说"要想富先修路",这个道理大家都懂,村里的干部和群众,心里也都很清楚,但是要把路修起来,并不是一件容易的事。

好在李银江来了,方港的群众看到了希望。

那段时间，李银江广泛听取各村民小组的意见，了解全村道路情况，提出了"要致富先修路"的口号。李银江身上有一股不服输的劲，他多次召开村委会研究修路事宜，带着新"两委"班子，搞测算、拿方案。方案定好了，资金、修路补偿等问题一个个摆在了李银江面前，他凭着对百姓的热爱和对群众负责的态度，迎难而上，自己去上级部门筹集资金，与交通局等部门沟通、协调修路事宜，并带头为修路捐款，多方筹资9.5万余元。

在道路修建过程中，李银江克服了种种困难。由于修路期间正是防汛抗旱和其他工作的关键时期，为了能挤出时间，李银江常常是白天黑夜连轴转，每个白天修路现场上都会出现他的身影，每个晚上，办公室的灯总是亮到天明。经过几个月的连续作战，宽4米、厚25厘米、全长3.6公里的村级水泥路全线贯通了。

冬去春来，寒来暑往，李银江人晒黑了、累瘦了，但他从来没有一句怨言，拿他自己的话说："身为全村的父母官，我不想占群众的一点便宜，就是想为大伙儿办点实事。"

李银江在方港村做了将近四年的村支部书记，直到2008年夏天才卸任。

到方港伊始，经过走访调研，李银江发现村民反映最多的是农田灌溉用水难问题。水利是农业的命脉，上级对这项工作特别重视。还记得小时候，每年冬天，农忙结束后，各个村都组织人员扒河，这就是典型的水利工程。在方港村，每年春耕春种时，如何给农田"解渴"，也成了一道难题。解决农田灌溉难题，李银江觉得"建电灌站"属当务之急。

说起来容易做起来难，好在李银江在四桥村担任支书时，有过类似的经验，倒是不慌不忙。

1985年，李银江在四桥村做支部书记，村里数百亩农田遇到干旱，大家束手无策，李银江也着急得很。

没有充足的水源，水稻就没法栽种成活，老天爷不帮忙，自己挑水灌溉也不现实，一是距离太远，二是用水量太大。怎么办？李银江年轻，劲头足，连着几天在村上跑，召集大伙开会，最后做出决定，筹建"机灌站"！

所谓"机灌站"，就是运用柴油机作动力，开挖引水渠道，建起柴油机抽水灌溉站。由于当时柴油机、抽水装备严重不足，大家一鼓作气，新开挖渠道400多米引水，一举解决当年桥西、桥东400多亩农田用水的困难。

因为这件事，四桥村的村民们都对李银江佩服得五体投地，据说李银江还因此得了个外号，叫作"及时雨"。

来到方港村，看来还得再建个电灌站，既然二十年前都不怕，现在还怕什么？

为了建好电灌站，李银江可没少花工夫，跑资金、选地址、征地、清理树木、建电站用房、安装设备……每一件事他都亲力亲为，有人要找李书记，大家都知道去马郢电灌站建设工地。

2005年春天，马郢电灌站竣工，一举解决了该村马郢等四个小组300亩农田多年来的灌溉难问题。

3 农村工作也要艺术性

当村支书，李银江不是没遇到过棘手的事，用他自己的话说："还真啃过不少的'硬骨头'。"

"1500元钱，村会计说给了杨树华，杨树华不识字，让会计代签的字，杨树华按的手印。可杨树华不认账，说没这回事，跑县里上访，闹得不可开交。"方港村民孙大爷回忆，村民杨树华因为征地补偿款的事与前任村支书结了怨。

李银江不慌不乱，自有招数："这样，咱们到公安部门去验个指纹，要不是你的，不冤枉你，1500元我个人贴给你。要是你的，这事就当没发生过，你也别再折腾了。"话说到这个份上，杨树华没了退路。经公安部门技术鉴定，指纹就是杨树华的，杨树华哑口无言。

三任村支书，三考李银江，农村工作怎么做——

"肩上能扛事，脚下不歇力，手中有招子，心中有百姓，外加一条，办事要公道。"这，就是李银江的答案。

说到竞标，许多人只在电视上看过，你举个牌子喊价，我举个牌子加价。一般来说，涉及金额较大的工程项目才需要竞标，然而在桂五镇方港村孙湖组，2005年也上演了一场村民之间的竞标。

那是发生在10月份的事，国庆节过去没多久。

孙湖组有28亩集体土地，被四户村民长期种植，却从来没签合同，也没缴纳过承包费。这件事引起村里部分村民的不满，还因此长期上访。为了妥善解决这个问题，时任村书记李银江想出了"竞标"这一"洋玩意"。村委会提前用广播和村宣传栏向村民告知了竞标事宜。

竞标当天，除了"竞标者"外，孙湖组的男男女女、老老少少，几乎倾巢出动，早早地来到了竞标现场。竞标开始了，李银江刚报出底价，立马有村民迫不及待给出更高价格，竞争分外激烈。最终，孙湖组村民邵文中标，取得了28亩土地的10年种植权，也宣告了原来四户村民无偿种植村集体土地的结束。

"李书记这招真绝了，这个大难题，没想到让他轻而易举解决了，我们真是心服口服。"谈起李银江的处理办法，参加竞标会的村民们不住地点头。

"都在一个村子里面住着，这个种植权该给谁，得经过大伙的见证，公平才能和谐，所以竞标是最好的方式。"李银江说。

清水坝灌区总面积425.4平方公里，耕地面积39.8万亩，是盱眙的大型综合灌区，看起来非常壮观，而在这壮观气派的背后，凝聚着李银江的一片心血。

"你们不给我5000元钱，休想动我的树！"在清水坝建设工程现场，桂五镇方港村村民邵永发拦住了施工队伍。

李银江当时在方港村任书记，听说之后，立马赶到了施工现场，还带来了村里的规划图、清水坝灌区规划图，耐心地给邵永发做工作。

"老邵，放心吧，该给你的，保证一分钱不会少，不过不该得的，你也别惦记着。"李银江说。

"我不管，反正我要5000元钱。"邵永发就认准了这一点。

"你种的这些意杨树，到底是在你自家的土地上，还是在集体的土地上，我不说，你自己来看看规划图。"李银江把地图摊在他面前。

"这个，这个……"邵永发看了图，开始结结巴巴的。

"你在集体的土地上种树，有合同吗？有协议吗？你这可是违规行为！"李银江严厉地说。

"这个，这个……"邵永发挠了挠头，不知道怎么回应。

"再说了，县里建灌区，是为了啥？还不是为了解决我们老百姓的用水问题？你在这里闹，说得过去吗？"

邵永发连"这个"也"这个"不出来了。

经过一番辩论，邵永发自知理亏，认识到错误之后，主动帮着施工队清理了意杨树。

4 敬老院里的 "民主生活会"

除了村里的支部书记，李银江还提任着敬老院的支部书记。

"谁把我的香油偷走了？"宁静祥和的敬老院里突然响起了一阵嘶吼声。声音来自周贤兵的宿舍。前些时候，周贤兵因为突发心脏病，在医院里住院治疗，回来就发现柜子被人动过了。

老人们纷纷跑过去围观。

"看看，看看，我的柜子被撬开了。"周贤兵老人指着敞开的柜门，气鼓鼓地说，"我买的沙沟小磨香油不见了，谁干的好事儿？想吃为什么不自己买？"

"孙波干的。"一位知情的老人说。

周贤兵三步并作两步找到孙波，后者没事人似的在自己屋里看电视。

"孙波你偷我香油吃了？"周贤兵气不打一处来。

孙波眨巴眨巴眼睛，说："我没吃你的香油。"

"你撒谎！有人看见你偷我香油了。"

听到这话孙波不乐意了，辩解道："就一瓶香油，也值当上纲上线的！"

孙波的态度让周贤兵更加恼火。明明就是偷嘛，还说我上纲上线！他上前一把扯住孙波的衣领，"走，咱们找李院长评理去！"

"老周，孙波没吃你香油，他把你的香油放到我房间里了。"周兰英老人颤颤巍巍地走到两人跟前说。周贤兵愣了一下，手松开了。孙波鼻子里哼一声，觉得周贤兵就是小题大做。

"那也不行，你撬我柜子拿我东西就是不对！走，找李院长评理！"周贤兵说。

"去就去！有啥大不了的。"孙波回应。

人群里发出一片嘘声。早有人报告了李银江。李银江让人传话，此事放到"民主生活会"上讨论。

"静一静，静一静，民主生活会现在开始。"李银江敲了敲桌子，"事情大家伙儿都知道了，下面大家说说，老孙的做法对不对？"

"撬人家柜子肯定不对了。"

"拿了香油又没吃，不算什么吧。"

"乱拿别人的东西，还是乘人家不在的时候，这怎么也说不过去。"

"孙波就是搞恶作剧，不过这个恶作剧闹得有点大。"

"他是看周贤兵不顺眼吧，逗他玩一下。让香油躲猫猫。哈哈。"

……

李银江一直在认真地听，他发现老人们的法律意识还是比较淡薄的，有必要普及一下法律常识。他清清嗓子，说道："私自撬开他人柜子，如果是以非法占有为目的盗走他人财产属于盗窃罪。如果没有非法占有目的，而涉及他人的隐私，属于侵犯隐私罪。"他的目光扫过全场，在孙波老人身上停留了一下。

老孙低下了头。

"哦，这么严重啊！"老人们很意外。

"念老孙是初犯，原谅他吧。"

最后大家取得一致意见，让孙波给周贤兵道歉。会后，孙波赶紧把香油给周贤兵送来了，又掏钱给周贤兵的柜子换了把新锁。

敬老院里的民主生活会处理的都是发生在老人们之间鸡毛蒜皮的小事，但通过这种方式，老人们慢慢改掉了长期养成的不良习惯，大家相处得更加和谐了。

五保老人孙庭余嗜酒如命，加上脾气火暴，成了桂五镇敬老院里的一枚"炸弹"，隔三岔五就"炸"一下，吵闹不休。

李银江接到举报后，深入老人中间了解情况。顾怀友老人反映的情况非常严重，原来前几天中午，孙庭余喝酒喝醉了，还要继续喝，顾怀友出于好意上前提醒："别喝了。"这一下子惹恼了孙庭余，竟然对顾怀友破口大骂，还拿空酒瓶砸他，没砸中，酒瓶落到地上摔碎了。孙庭余并不罢休，又举起椅子砸顾怀友，被老顾躲过了。孙庭余更加气了，从墙角拿了一块碎砖头，朝顾怀友掷过去，幸亏顾怀友跑得快，没砸中，不然后果不堪设想。

李银江决定好好处理一下孙庭余，否则形成了风气，不知道以后会闹出什么幺蛾子。

特事特办，立即召开民主生活会。

这次的民主生活会开得异常热闹，憋了一肚子委屈的老人们纷纷"控诉"孙庭余犯下的"罪行"。孙庭余傻眼了，原来自己成了大家眼中的"公害"。他的身体微微颤抖起来。

"我向大家道歉！我错了！我以后再也不那样了，请大家原谅我。"孙庭余面朝大家连连拱手作揖。

会议最终形成决议，对孙庭余约法三章：一、孙庭余写检讨书，在全院大会上公开检讨；二、对当事人顾怀友进行公开道歉；三、保证以后不再喝醉酒，不酒后闹事。最后李银江警告孙庭余："你要是做不到上面三条，我就把你送回桂五村，让你一个人过。"

孙庭余以后再也没有闹过事，敬老院里又恢复了往日的祥和安宁。

5　书记工作室

党支部是党的最基层的一级组织，书记是一个支部的领头羊。

2018年3月，江苏省委启动"寻找老支书精神"活动，经过两轮寻找，发现全省曾任职十五年以上的老支书有一千六百多人。这些老支书中百分之九十五以上获得过市级以上表彰，有三分之一获得过全国性荣誉称号，连续十届全国党代会代表中都有江苏老支书的身影。广大老支书不仅创造了值得称颂的不凡业绩，也创造了弥足珍贵的精神财富，是激励一代又一代党员干部求实创新、砥砺奋进的重要力量源泉。

李银江曾三度担任村支部书记，还担任桂五镇养老院支部书记，他经常告诫自己，共产党员要有共产党员的精气神，基层党支部要响应党的号召，争做基层党建工作的先行者。

按照"党的一切工作到支部"的要求，李银江始终把支部建设放在第一位，依托桂五镇敬老院，精心打造书记工作室、"李银江党性教育课堂"和支部"金牌党课"。

李银江工作室于2017年6月成立，现有党支部委员4人，党员

36人。工作室建立了"十个一"服务标准，即一声亲切的问候、一个深情的迎送、一个甜蜜的微笑、一个端庄的姿态、一个良好的形象、一个规范的流程、一个满意的答复、一个良好的结果、一个圆满的回访、一个严格的问责，形成了一整套规范的工作流程，在服务老人、帮助困难党员群众、促进农村富民增收和维护社会和谐稳定等事项上，充分发挥了党员的凝聚作用和服务群众的示范带动作用，用实际行动诠释了党的宗旨和共产党员的价值。

工作室提炼总结出"二三四五"工作法，并予以推行，二是两件工作宝贝：民情联系卡、民情日记簿，三是三条做人底线：不为情所困、不为权所累、不为钱所惑，四是四项服务功能：扶贫帮困、排忧解难、牵线搭桥、矛盾化解，五是五大庄重承诺：肩上能扛事、脚下不歇力、心中有百姓、手里有招子、办事讲公道。说到"二三四五"工作法，李银江很是自豪。他敢于承担责任，始终坚守底线，密切联系群众，始终牢记权为民所用，情为民所系。

工作室的墙壁上，一面是入党誓词，一面是"为人民服务"五个大字。李银江说："我始终坚信'人在做，天在看'，这个'天'就是我们的老百姓。我们基层党员干部，离老百姓最近，直接为老百姓服务，群众的眼睛是雪亮的，你的一言一行、一举一动都会被群众看在眼里，群众未必懂什么大道理，你表现好，群众就会说你好，也就会认为共产党好，社会主义好。"

李银江介绍说，工作室不断完善课件教育，印制发放了他本人的先进事迹读本《你是最亲的人》，组织学员观看电教片《敬老院里的年三十》和情景剧《你是最亲的人》，希望通过这些素材，向大家全面展现他作为一名共产党员为民服务的意识及心路历程，从而提升大家对党建工作的认同感，增强党员干部的在党意识。同时，工作室推动以学促做，在桂五镇敬老院的"农疗基地"开辟了"学员农场",组织受训党员为敬老院老人种植蔬菜、除草、养鸡,通过参加农业生产劳动、体验人民群众生活,使他们感受到劳动的快乐和艰辛,增强他们对群众的感激之情和认同之感。

除此之外,工作室还积极开展来访接待、政策解释和矛盾疏导化解工作,深入联系群众,切实为群众服务。截至目前,书记工作室共接待全镇党员群众来访500余人次,帮扶100多人次;为全县党员干部上党课200余场次,受教育党员干部7000多人次;为周边市县党员干部上党课100余场次,受教育党员干部3000余人次,充分发挥了工作室传党情、听民意、解民忧、促和谐的作用。

服务要有针对性,工作室对不同的人群有着不一样的服务。李银江说,对困难人群是知冷知热的"家长服务",对五保、空巢老人是"儿子服务",对乡村孤儿是"爸爸服务",对流浪人员是"家人服务",对退复老兵是"参谋服务",要做到随时救急救难、救死扶伤、救援解困。

李银江定期组织党员志愿服务活动,切实践行"为人民服务"的理念,唱响了李银江书记工作室志愿服务的"四季歌",春季"走进敬老院学雷锋做好事",夏季"走进留守老人家中送清凉",秋季"走进困难农户家中抢收抢种",冬季"走近老人身边亲情聊天"。

后记 俯首甘为孺子牛

鲁迅先生在《自嘲》中写道：横眉冷对千夫指，俯首甘为孺子牛。这句话的意思是，横眉怒对那些各路来的敌人的指责，俯下身子甘愿为老百姓做孺子牛。后面这一句，"俯首甘为孺子牛"，用在李银江身上，可以说特别地贴切。

与李银江相识于2017年，当时省里编辑出版《最美江苏人》一书，十四位作家创作关于十四位先进人物（集体）的报告文学，我是作者之一，李银江是其中一个描写对象，那时我们并未产生什么交集。我写的是镇江的王华，一个牺牲在新疆的优秀援疆干部，写李银江的是周桐淦老师，但机缘巧合的是，那么多先进人物，本来一个都不认识（包括王华同志，其时已去世），结果偏偏遇到了李银江。当然，后来在各种场合，也见到过赵亚夫、周海江等作品中的主人公，但说到最为熟悉的，还是李银江。

初次见到李银江的情景，我仍然记得很清楚。

那是在《最美江苏人》的首发式上。

参加新书首发式，我是自己单独去的，找不到具体地点，就向旁边的一个人打听。对方说，他不是本地人。聊了几句才知道也是来参加活动的。从攀谈中，我知道他来自淮安，不由得感觉特别亲切，因为我曾在淮安工作过多年。虽然淮安不是我待得时间最长的城市，却是我认为最适宜生活居住的地方。再继续交流，得知他叫李银江，是盱眙县桂五镇敬老院院长。我们一起找开会地点，渐渐熟悉了起来，并交换了联系方式。

我跟李银江的缘分从此开始了。

那一年，李银江正好六十周岁。

活动结束后，李银江院长邀请我有机会去桂五敬老院看看。

对于很多人来说，这可能只是一句客套话，就像饭桌上加了微信，从来不会联系一样。不过我想我应该会去的，虽然还不知道会在什么时候。

《最美江苏人》收录十四篇文章，除了我写的一篇，还有十三篇，回到南京后，我很快通读了一遍。各位先进人物的事迹很让人感动，尤其是李银江，因为曾经交流过，读得更加仔细。

没过多久，我就去了一趟桂五镇。

李银江没有食言，热情地接待了我。经过一番参观，加上李银江的介绍，我对这里的情况更加熟悉了。1986年，29岁的李银江开始创办敬老院，到2017年，服务了整整31年，把自己熬成了老人，确实很不容易。没想到的是，接下来的五年，他也从未离开过敬老院。

当时只是去敬老院看看，还没想过创作什么作品。

业余时间，我偶尔会写点小说，对于报告文学，接触得相对比较少，当时觉得李银江的故事不一定特别适合写小说，就没怎么深入思考过。

过了一段时间，认识上发生变化，感觉这个故事似乎也不是不能写小说，于是又去了一趟桂五镇，回来列了个提纲。凑巧的是，刚好认识一位民政厅的领导，于是跟他作了交流，提出了这个想法，领导说，小说是虚构的，不如写个报告文学有冲击力。因为个人创作习惯的原因，再考虑到周桐淦已经写了短篇报告文学《乡村孝子30年》，我还在忙其他的事，关于李银江的创作暂时放在了一边。

几个月之后，受李银江个人魅力的感染，我终于决定，创作一部关于他的长篇报告文学。

可见人的思想是很容易变化的。

民政厅的领导建议我写报告文学时，我还有些顾虑。周桐淦写过关于李银江的短篇作品，如果写长篇，他无疑是更加合适的人选。如果周桐淦写的话，我就没必要写了，虽然说，李银江的故事大家都可以写，但主要内容差不多，很难写出太多新意。

周老师名气比我大，文笔比我好，与他相比，我肯定不占优势。

由于种种原因，周桐淦老师好像不准备再写李银江的故事了，听说这个情况后，我才开始着手收集相关素材。

在李银江身上，有几个关键词，那就是民政、养老，敬老院是他最重要的根据地。

对于敬老院，李银江倾注了大量心血。

因为担心老人们的身体，2016年入冬后，李银江总是心神不宁，考虑一番，准备住到敬老院去，一来方便照顾老人，二来可以及时解决敬老院里的问题和矛盾。李银江的这一决定，得到了家人的支持，儿子、儿媳叮嘱他注意身体，孙女说抽空去看他，老伴韩素珍更是跟他一起住了过去。

李银江的预感没有错，才住过去没几天，八十多岁的祝国金老人突发疾病，李银江及时叫来救护车，并垫付了一万元医疗费，老人这才转危为安。

秉承"视老人为父母"的办院理念，李银江将很多空巢老人接到敬老院生活。桂五镇高庙居委会下场组的胡广喜夫妇，因为儿子突发疾病去世，儿媳妇带着孙子、孙媳妇外出打工，致使他们成为空巢老人，无法照顾自己，李银江将他们接到了镇敬老院。据说有一次，胡广喜的尿屎盆满了，李银江准备端出去倒掉，胡广喜的老伴不好意思，要自己去倒，稀里糊涂的，竟然把排泄物倒入了敬老院日常饮用的水池里，引起许多老人的不满，李银江及时刷洗水池，还向老人们解释，体谅她记性不好。

合星村杨郢组的卫永谋，几个儿子在外打工，他和老伴无依无靠，并且老伴患上了严重的脑血栓，没有钱医治，李银江知道之后，当场把身上仅有的600元钱全数给了老人。

对普通老百姓，李银江脾气温和，笑脸相迎，但对不孝顺父母的人，严厉到了极点。这就像雷锋说的，对待同志要像春天般温暖，对待敌人要像冬天般寒冷。

老人方某某患有白内障，眼睛基本上看不见，老人有几个子女，大家每个月轮流给他送粮食和烧锅草，一个儿媳妇和老人向来不和睦，轮到她的时候，只送口粮不送草，老人很生气，就拿着麻绳去她家捆草。李银江了解情况后，把儿媳妇叫到办公室，从法律和情感的角度对她进行教育，并警告她说："你今晚连夜挑两捆草到你公公家！"儿媳妇认识到错误，再也不敢对公公不敬了，还经常把刚出锅的饭菜送给老人。

李银江三十年如一日，坚持为老人服务，得到了大家的认可，当事人都心怀感激。

据报道，桂五镇高平村联合组村民许尔国，原本有个幸福的四口之家，妻子温柔贤惠，两个女儿也乖巧听话，没想到，有一天妻子回外地老家，从此一去不回，音信全无。为了寻找妻子，许尔国只身外出，与家人长期失去了联系，家里的重担一下子落在了年迈且体弱多病的父母身上，一家老小，只靠着十亩责任田勉强维持着生计。

李银江了解情况后，及时为他们办理了农村低保，并给予多方面的关怀与帮助。李银江帮小孩募集衣服，逢年过节送去米面粮油，动员高平村的党员干部帮忙解决老两口的种田困难，还协调左邻右舍在雨雪天接送孩子上下学，让老人家真正感受到党的温暖和关怀，许尔国回到家中，流下了感激的热泪。

桂五镇民政办的张中林曾说过，李银江有一个习惯，房子越破越要进去看个究竟，有一次，为了给合心村病灾户解寿德家筹款，光是市、县民政局和红十字会、慈善总会，李银江跑了不下七八趟。

解寿德家确实困难，房子就剩下几堵墙，连个门都没有，一家五口人，三个患癌症去世，只留下小孙子和智障的儿媳妇。解寿德去世前，请李银江多照顾自己家，让李银江流下了心酸的眼泪。为了不让孩子留下阴影，李银江经常去看望他们，送学习用品，询问学习情况，并积极联系学校，协调教育部门免除了孩子上学期间的所有费用。

穆正环的老伴和两个儿子先后病故，让他受到很大的打击，身心俱损，生活不能自理。他唯一的女儿身患残疾，无法照顾其起居，唯一的孙子在日本，也无法回国照顾他。李银江得知他的情况后，主动将老人接到敬老院，承担起照料的任务。从铺床叠被到端屎端尿，从喂饭端水到洗衣梳头，从打扫卫生到健康锻炼，李银江事无巨细，亲力亲为。怕老人寂寞，李银江还时常陪他打牌、聊天。逢年过节，他端来自家制作的点心给老人品尝。在李银江的精心照料下，穆老的身体和精神逐渐好转，2012年3月，孙子从日本回来，把老人接走了，事后还专门写来了感谢信。

李银江做的是基层民政工作，服务老人和退役军人，但仅仅这些，还不足以全面反映他的成绩，因为除了养老工作，李银江身上还有许多闪光点，比如说，他对家人的严格要求，他对年轻人的关心，他对困难同志的帮助。李银江时刻不忘自己的党员身份，不忘自己的初心。

李银江的儿媳妇是一名教师，每天工作很烦琐，精神压力大。有一段时间，儿媳妇回到家经常抱怨学校事情多，太累了，甚至都不想干了。李银江听到之后，没有直接劝她，而是想了个策略，对儿媳妇说，自己想看电视剧《长征》，但不懂电脑，请她把电视剧下载下来。儿媳妇虽然有些疑惑，还是照做了。李银江看着电视说："革命先辈们为国家、为民族解放甘愿抛头颅、洒热血，那时候才叫苦啊。咱们现在享受着革命先烈用鲜血和生命换来的幸福生活，所以我们不能忘记历史，更要珍惜今天来之不易的幸福。你每天就上下班，还有节假日，和革命先烈比起来，幸福多了，你要珍惜啊。"听到李银江的教诲，儿媳妇逐渐改变了观念。

桂五镇的大学生村官朱才慧和小志，都得到过李银江的帮助。

2008年，朱才慧大学毕业后，来到盱眙县桂五镇做了一名村官，很快就进入了角色，全身心地投入工作中。李银江见他远离家乡，孤身一人，主动给他介绍了一名当地的姑娘，两人有了很多交流的机会。虽然姑娘来自城市，在家是父母宠大的独生女，但他们却有着共同的价值观，对很多问题的看法相似，最终走到了一起，建立起幸福的家庭。

小志来自安徽，独自在桂五镇工作，因为家庭困难，性格上有些内向。李银江看这个年轻人很有上进心，经常抽空和他聊天，并鼓励他报考公务员，进一步改变自己的境遇。小志住在三个人一间的宿舍里，无法复习备考，李银江将敬老院会议室的钥匙给他，让他工作之余，到那里安心复习。怕他饿着，晚上李银江还经常给他送吃的。在李银江的鼓励和帮助下，小志考上了县某机关公务员，成绩出来的那一刻，他第一个向李银江报了喜。

在小志的心里，早就把李银江当成了"家里人"。小志谈了个女朋友，由于父母离得远，身体又不好，便请李银江做家长和女孩见面；两人结婚，更是请他做证婚人；老婆生孩子，小志第一个电话就打给了李银江。是李银江这个"家里人"，让小志感受到异乡的温暖。

李银江是个有心人，有记日记的习惯。

"在民政的路上，前方可能有很多困难，但困难是死的，办法是活的，只要努力，就一定会成功。"——李银江曾在"民情日记本"中这样写道。

30多年来，李银江坚持用"民情日记本"把全镇五保老人、孤儿、残疾人、特困户、退伍军人、军烈属和受灾群众的基本情况、存在的困难、生活需求和反映的问题一一记录下来，事情办好了、困难解决了，就在事项后面画个对号。日记本上记录了李银江几十年来处理的各种成功的、失败的村事案例。

"农村的工作，一加四等于五，二加三也等于五，虽然答案相同，但是过程却不一样，在变化中如何灵活、机动地处理问题很重要，灵活的工作方法是基层工作最关键的一环。"对来镇里工作的年轻人来说，李银江的"民情日记本"还发挥了"传帮带"作用。李银江通过"民情日记本"指导青年人如何开展工作，如何了解乡镇民情,"民情日记本"成了青年的学习模板。

李银江的交通工具是自行车,工作以来,他始终坚持骑自行车下队、去村里走访,几十年来,全镇范围大大小小的角落他都跑了个遍,骑坏了四辆自行车。

"我第一辆自行车是'长征'牌,后来还骑了'永久''凤凰'牌自行车。"谈起自己的爱车,李银江如数家珍。

年轻的时候,李银江每天平均骑行距离在 15 公里左右,遇上特殊的情况甚至更多。1991 年抗洪救灾时,李银江骑着自行车去乡镇核灾,为了节约时间,一天走遍了全镇 15 个村庄,单日行程达 150 多公里。

下乡的路上有时候也有风险,有一次在去四桥村的途中,身后一辆摩托车呼啸而来,李银江连人带车被刮倒在地,瞬间感到自己的一只胳膊疼痛难忍,动弹不得,回过神来一看,原来是村民李玉成撞到了自己,李玉成的孩子也被摩托车压在了下面,李银江见状,不顾自身的疼痛,急忙爬起来,和李玉成一起将孩子从车底下救了出来,紧急送往医院。

多年来,李银江骑车行程已超过 20 万公里,200 多个村小队都留下了他的身影。

近年来,随着李银江事迹的广为流传,桂五镇敬老院越来越热闹了,全国各地的民政工作者、文艺爱好者,纷纷慕名而来,想把李银江的正能量分享传播给更多的人。李银江的事迹,不仅在当地产生了重大影响,外县的,外市的,乃至外省的,也都为他的精神所感动。

仅 2018 年、2019 年两年,我就十余次去过桂五敬老院,有一次非常凑巧,正好遇到桂五中学的学生到敬老院来,参加"敬老爱老"

体验活动，随机与几个学生聊了聊，大家对"李银江爷爷"都非常敬佩。

安徽合肥的王勇，是一名摄影爱好者，通过网络了解到李银江的故事后，被深深地感动了。2019年4月，李银江获得了"孺子牛"奖，王勇关注到这一消息，对李院长更加佩服了，决心来一趟敬老院，用手中的镜头记录李银江和老人们的日常生活。

三个月后，王勇来到敬老院，拍下了一幅幅鲜活的工作画面。

离开敬老院时，王勇表示，此行收获颇丰，从李银江院长身上学到了很多宝贵的精神，回去后，将以李院长为榜样，积极投身公益事业，力所能及地做出自己的贡献，以后也会常来桂五镇敬老院看望这里的孤寡老人，为敬老院的发展献上自己的绵薄之力。

李银江的故事，感动了身边人，感动了外地人，也让我这个业余写作者深受感动。2019年，经过多次的采访，在朋友们的帮助下，我完成了报告文学的初稿，江苏省企业作家协会非常重视，在协会会刊《纸上》杂志上以专刊的形式予以刊登，年底还专门召开了小型作品研讨会。作品当时名为《老有所依》，署名为"胡龙青"。江苏省企业作家协会驻地青龙湖1号，以"胡龙青"的名字发表作品，也是对协会的感谢，作品创作中我花了大量精力，但也绝对离不开协会的支持。

应该说，由于水平有限，加上时间仓促，作品写得很粗糙，不可能正式发表或出版，后来由于种种原因，停滞了一段时间。

两年后的2021年，该作品的修改工作再次列入我的创作计划。考虑到之前作品中存在的问题，在之后的修改中，有两个重要变化，一是作品名字改了，从《老有所依》改为《李银江》，这样更符合作品的内容，二是由于时间关系，也是为了把作品打磨得更好，我邀请朋友刘娟加入了创作的队伍。

这件事确实经过了一番考虑。由于创作思路和时间都存在一定的问题，我希望能找个帮手，首先这个人要有较高的水平，同时对作品感兴趣，另外一点，就是时间上有保障，排来排去，感觉刘娟老师是最合适的人选。刘娟老师与李银江院长电话沟通后，出于对他的尊敬，以及对我的信任，同意共同完成作品。在"最美夕阳红""把'医院'建到敬老院"等章节上，刘老师妙笔生花，为作品增色了不少。

创作《李银江》这部作品，让我对报告文学有了更加深刻的认识。在之前的文学生涯中，我对报告文学关注较少，通过这本书，感觉水平有了明显的进步。与此同时，受李银江的影响，我的人生观、价值观也得到了进一步的提升。

李银江身上，有太多值得我们学习的东西。

李银江一味付出，不求回报，但这个社会是公平的，所谓善有善报，恶有恶报，这么多年来，李银江也获得了不少荣誉，包括江苏"时代楷模"、省"五一劳动奖章"等。2017年，李银江成为中国共产党第十九次全国代表大会代表，对于普通人来说，是想也不敢想的。李银江自然很激动，桂五敬老院里的老人们也是激动得不得了。

十九大开幕那天，对于桂五敬老院的老人来说，是一个特殊的日子，他们将和全国人民一起在电视上看到李银江。那天上午，大家早早地就守在电视前。

"他是好院长，敬老爱老，拿我们当爹娘，他做党的十九大代表，够格！"96岁周玉川老人是一名抗战老兵，到桂五镇敬老院养老虽然只有三年时间，但提起李院长的好，用他的话说："有'一箩筐'。"得知电视上能见着李银江，老人当天凌晨五点不到就下了床，穿衣戴帽，脖子上挂好抗战胜利七十周年纪念章，坐等到天亮。

同样激动的还有90岁的老人杨兆春："昨夜就没睡着，躺在床上思前想后，咱有这好日子，多亏了李银江，更要感谢共产党。"

李银江没让大家失望，其身影多次在电视上出现。

代表大会闭幕后，社会各界集中学习十九大精神，李银江作为党代表，受邀到各个单位进行宣讲，看到有关他走进驻淮高校开展宣讲的报道，勉励广大青年学子为实现中华民族伟大复兴的中国梦接力奋斗，印象非常深刻。

宣讲中，李银江从青年人视角，对十九大报告中的新思想、新判断、新方略、新部署作了深入浅出的解读，同时结合自己个人的体会和感受，跟同学们分享学习十九大精神的心得体会。两个小时的集体宣讲结束后，他还走进大学生党员活动室，为大学生党员上起了支部党课，并针对大家提出的问题，一一作答。

"在人生的道路上，可能有多种多样的岗位，希望你们以后在每一种岗位都发挥自己的聪明才智，为老百姓服务，发扬钉子精神，牢记总书记一句话，撸起袖子加油干！"李银江这样说道。

"在十九大代表李银江院长的带领下学习十九大精神，感觉特别荣幸，作为一名当代的大学生，在今后的学习生活中，我一定要更加严格要求自己，学好科学文化知识，努力回报社会，回报国家。"一位大学生感慨道。

时代的责任赋予青年，时代的光荣属于青年。宣讲活动结束后，大家纷纷表示，要在实现中国梦的新征程中，奋勇争先，砥砺前行，共同谱写中国特色社会主义新时代的美好篇章。淮阴师范学院传媒学院党委书记沈东华说："作为高校，我们将继续在学习宣传上下功夫，通过学生党支部先学一步，先行一步，以十九大精神来指导各方面工作，带动更多的青年学子学习十九大精神，进一步发挥广大青年学子担当意识和责任意识。"

除了去高等院校，李银江还去农村进行宣讲。在去高平村宣讲时，李银江一大早就出发了。面对全体支部成员，他向大家宣讲十九大会议精神，把为人民谋幸福的初心落实到实际工作中。高平村党总支书记林元宏深有感触地说："以前我的觉悟不比一般人高。李银江给我们上党课，提升了我的精气神。"

二十大召开在即，李银江再次成为党代表，我由衷地为他感到骄傲和自豪。

"我是谁，是个什么样的人，也许你从来没有想过。我是离开最晚的那一个，我是开工最早的那一个，我是想到自己最少的那一个，我是坚守到最后的那一个，我是行动最快的那一个，我是牵挂大家最多的那一个。我是中国共产党员，始终和你在一起。"这个公益广告《我是谁》，我和李银江都非常喜欢。

李银江以他的实际行动，向我们证明了如何做一名优秀的共产党员。

在李银江的宣传过程中，有一个媒体发挥了重要作用，那就是《光明日报》，有一个人多次采访推介过李银江，他叫郑晋鸣。

2015年，《光明日报》江苏记者站站长郑晋鸣在桂五镇敬老院采访时，被院长李银江30年敬老爱老的故事所打动，采写了通讯《一位敬老院院长的孝与忠》，2月14日发表在《光明日报》的头版头条。这篇3000字的报道，引起了强烈的社会反响，也让李银江喜事连连，接连获得江苏省"五一劳动奖章"、江苏省道德模范、全国道德模范提名奖等荣誉。

2016年的除夕，郑晋鸣再次来到了桂五镇敬老院。李银江和往年一样，放弃和家人团聚的机会，在敬老院陪老人们过大年。敬老院 61 位老人一个都没有回家过年，老人们都说："敬老院就是我们的家，这里的年味儿最浓。"

郑晋鸣提到，这次来敬老院时，恰逢老人刘月英的儿子来接她回家团圆。老人一手拉着李银江，一手紧紧拽着门框，说什么也不愿意回去。刘月英老伴儿走得早，去年 7 月，老人住进了敬老院。得知她肠胃不好，李银江特意嘱咐厨房做些有助消化的饭菜；前段时间降温，李银江每晚临睡前都把她手脚焐热才离开。老人噙着泪说："小李待我们像亲爹亲妈一样，有他才叫过年啊！"

接下来的几年，郑晋鸣每年春节前后都会到桂五敬老院来，看望敬老院里的老人们，看望李银江，并通过《光明日报》，让大家随时了解到李银江的情况。

2018 年 2 月 16 日，大年初一，《光明日报》刊登《五进桂五敬老院》一文，郑晋鸣在文章中写道："大年三十，中国人全家团圆的日子。每到这个日子，记者都不由牵挂起江苏省盱眙县桂五镇敬老院的老人们和院长李银江。今天，记者第五次踏进这所敬老院。""2017 年一整年，敬老院院办经济的收入达到了惊人的 86 万余元，从起初的需要政府资助，到现在的自给自足，这其中的酸楚或许只有'老李'自己才能体会。"

2020 年 1 月 25 日，同样是大年初一，《光明日报》刊登郑晋鸣采写的报道《大年三十再访敬老院院长李银江》："又到新春佳节。每到这个阖家团圆的日子，记者都不由得记挂起江苏省盱眙县桂五镇敬老院的老人们和院长李银江。为了那份牵念，记者又一次踏进这个熟悉而温馨的敬老院——"

在文章结尾，郑晋鸣深情地写道："夜幕降临，李银江的儿子儿媳带着孙女和 8 个月大的小孙子回来陪老人们一块儿过年。小朋友手舞足蹈地逗大家开心，大人们忙着挂红灯笼、贴对联，院子和乐融融。看着满院温馨的景象，李银江摸着花白的双鬓说：'当年，我建敬老院的时候就发誓要让所有老人老有所依，34年转眼而过，我老了，但是初心不改。老人们晚年幸福就是我这辈子最大的责任和使命，陪他们过好每一个年，我才踏实。'"

我有时候想，江苏那么多先进人物，为什么我独独选中了李银江呢？《最美江苏人》中的赵亚夫也好，周海江也好，郁霞秋也好，他们都非常优秀，甚至从某种程度上说，他们的成就，他们创造的经济价值，远远高于李银江，但偏偏是李银江成了我笔下的人物。后来我想，李银江确实有自己的独到之处。

李银江身上有很多优点，他爱岗敬业，努力做到尽善尽美；他善于创新，把敬老院办得越来越好；他吃苦耐劳，不畏惧任何艰难险阻；他脑筋灵活，能够艺术地处理各种难题；他心地善良，全身心地帮助别人；他严于律己，决不做任何出格的事情。李银江始终以共产党员的高标准要求自己，对社会主义核心价值观进行了完善的诠释。所有的这些，看起来似乎并不难，但坚持三十多年，还是需要坚强的毅力的。

李银江的优秀毋庸置疑，他的身上，有着浓厚的平民色彩，这一点至关重要。从学历上说，李银江仅拥有高中文凭，并没有高深的学问；从背景上说，李银江并非出身名门望族，只是个普通老百姓。也就是说，李银江与我们一样极为平凡，只要我们愿意付出，也可以成为他这样高尚的人。

对于李银江精神的宣传，《光明日报》自不用说，其他的媒体，也都通过各自的方式做出了一定的贡献。我曾经发表过散文《桂五有个敬老院》，反响还不错。关于李银江的文艺作品，出现过扬剧、黄梅戏、广播剧等形式，但我觉得还不够，应该通过纪录片、电影、电视剧等大众更加熟悉的方式，更好地宣传李银江精神，掀起争做好人的热潮。当然，这本《李银江》也是宣传李银江精神的重要载体，希望它能广泛传播，得到大家的认可，为社会主义文明建设助一臂之力。

《李银江》的创作并不容易，在这个过程中，我参阅了周桐淦老师的作品，学习了《光明日报》《淮安日报》等媒体发表的报道，借鉴了《你是最亲的人》中姚苏丹、李娟、张百忍、孙波、姬林、肖林琳、黄海涛、夏如培、庞标诸位老师采写的故事及顾培妍、罗来保、王宇创作的文章，引用了杨晓峰老先生创作的快板《乡村孝子李银江》，在此深表谢意，同时向大力支持本书创作的民政等部门和地方政府表示感谢。